Formosa auf Deutsch

Mehr als ein Reiseführer

用德語說臺灣文化
福爾摩沙印象

政治大學

█翀基 (Shao-Ji Yao)、黃逸龍 (Ilon Huang)　編著

██妮 (An-Nie Hsu)、蔡莫妮 (Monika Leipelt-Tsai)　審訂

緣起

　　國立政治大學外國語文學院的治學目標之一，就是要促進對世界各地文化的了解，並透過交流與溝通，令對方也認識我國文化。所謂知己知彼，除了可消弭不必要的誤會，更能增進互相的情誼，我們從事的是一種綿密細緻的交心活動。

　　再者，政大同學出國交換的比率極高，每當與外國友人交流，談到本國文化時，往往會詞窮，或手邊缺少現成的外語資料，造成溝通上的不順暢，實在太可惜，因此也曾提議是否能出一本類似教材的文化叢書。這個具體想法來自斯拉夫語文學系劉心華教授，與同仁們開會討論後定案。

　　又，透過各種交流活動，我們發現太多外國師生來臺後都想繼續留下來，不然就是臨別依依不捨，日後總找機會續前緣，再度來臺，甚至呼朋引伴，攜家帶眷，樂不思蜀。當然，有些人學習有成，可直接閱讀中文；但也有些人仍需依靠其母語，才能明白內容。為了讓更多人認識寶島、了解臺灣，我們於是興起編纂雙語的《用外語說臺灣文化》的念頭。

　　而舉凡國內教授最多語種的高等教育學府，就屬國立政治大學外國語文學院，且在研究各國民情風俗上，翻譯與跨文化中心耕耘頗深，舉辦過的文康、藝文、學術活動更不勝枚舉。然而，若缺乏系統性整理，難以突顯同仁們努力的成果，於是我們藉由「教育部高教深耕計畫」，結合院內各語種本國師與外師的力量，著手九冊（英、德、法、西、俄、韓、日、土、阿）不同語言的《用外語說臺灣文化》，以外文為主，中文為輔，提供對大中華區文化，尤其是臺灣文化有興趣的愛好者參閱。

　　我們團隊花了一、兩年的時間，將累積的資料大大梳理一番，各自選出約十章精華。並透過彼此不斷地切磋、增刪、審校，並送匿名審，查終於完成這圖文並茂的系列書。也要感謝幕後無懼辛勞的瑞蘭國際出版編輯群，才令本套書更加增色。其中內容深入淺出，目的就是希望讀者易懂、易吸收，因此割愛除去某些細節，但願專家先進不吝指正，同時內文亦能博君一粲。

國立政治大學外國語文學院
歐洲語文學系教授
於指南山麓

Vorwort

Das vorliegende Werk versteht sich als Teil einer Buchreihe, in der das Land Taiwan und die taiwanische Kultur in verschiedenen Fremdsprachen vorgestellt werden. Dieses Projekt ist durch die Initiative der Dekanin des College für Fremdsprachen der National Chengchi University, Professor Rachel Juan (阮 若 缺), entstanden. Es verfolgt in erster Linie das Ziel, Lesenden aus aller Welt die schöne Insel, die einst unter dem Namen „Formosa" bekannt war, näher zu bringen. Wir hoffen, dass unsere Leser*innen durch das Buch erste Eindrücke von der fabelhaften Insel mit Multikultur bekommen und sich weiter mit ihr befassen. Darüber hinaus können die einzelnen Beiträge aber auch als Lehrmaterial dienen, damit taiwanischen Studierenden im Austausch mit deutschsprachigen Freunden die Worte nicht fehlen, wenn sie über ihre Heimat erzählen.

Das vorliegende Werk besteht aus fünf Kapiteln. Nach dem einleitenden Kapitel werden Taiwans Alltagsleben, Feste und Bräuche, Sehenswürdigkeiten und schließlich Natur vorgestellt. Dies kann aufgrund der Vielfalt und Komplexität nur in Auszügen geschehen, wobei die Themen subjektiv von den Autoren und dem Team ausgewählt wurden. Weitere Inhalte werden in späteren Auflagen dazukommen.

Wir möchten uns bei den Kolleginnen und studentischen Hilfekräften der Abteilung für Europäische Sprachen und Kulturen der National Chengchi University bedanken, die bei der Entstehung dieses Buches mitgewirkt haben, und ohne deren Einsatz und Unterstützung der vorliegende Band nicht denkbar gewesen wäre. Unser besonderer Dank gilt unseren Studierenden Frau Rita Chen (陳秉瑩) und Frau Rebecca Kuo (郭珈瑜), die in der Vorbereitungsphase sehr sorgfältig Materialien für die jeweiligen Kapitel gesammelt haben. Ferner möchten wir uns bei Frau Dr. Annie Hsu (徐

安妮) und Frau Dr. Monika Leibelt-Tsai für ihr sorgfältiges Korrekturlesen bedanken.

Nun laden wir Sie herzlich ein, mit uns die Informationsreise durch den multikulturellen pazifischen Inselstaat an der Schnittstelle Ost- und Südostasiens anzutreten!

姚紹基 Shao-Ji Yao

黃逸龍 Ilon Huang

2022.08.01

編著者序

    本書為國立政治大學外語學院《用外語說臺灣文化》系列叢書之一,在前言之後,全書共分成四個部分,從日常生活、節慶與傳統風俗、觀光景點、自然景觀等四個面向來介紹臺灣。除了讓德語系國家的外國朋友深入了解臺灣,此外本書也可作為教材,提供臺灣的德語學習者向外國人介紹臺灣的詞彙及句法。本書的形成有賴本校歐洲語文學系多位師生的諮詢以及各種形式的參與,在此鳴謝。文章內容或德語用字遣詞上有不妥之處,尚祈各界先進不吝指正。

    現在,就讓我們一起用德語來探索福爾摩沙美麗島!

姚紹基 Shao-Ji Yao
黃逸龍 Ilon Huang

2022.08.01

Inhaltsverzeichnis 目次

Kapitel 5 Natur und Landschaften 自然景觀 ······143

Einleitung
前言

Taiwan ist eine Insel im Westpazifik, die durch die Taiwanstraße von der südchinesischen Küste getrennt wird. Die Entfernung zum chinesischen Festland beträgt etwa 130 bis 180 Kilometer. Taiwan ist mit einer Fläche von 35.801 km² ungefähr so groß wie Baden-Württemberg und etwas kleiner als die Niederlande, ist mit über 23 Millionen Einwohner*innen aber deutlich dichter besiedelt. Rund zwei Drittel der Insel bestehen aus Gebirgsketten mit über 200 Gipfeln, die höher 3.000 Meter sind. Davon ist der Yushan mit 3.952 Metern Höhe der höchste. Die Insel erstreckt sich über 394 Kilometer von Nord nach Süd und ist an der breitesten Stelle etwa 144 Kilometer lang. Taiwan liegt auf dem nördlichen Wendekreis, weshalb im Norden entsprechend ein subtropisches Klima herrscht, während der Süden vorherrschend tropisch ist. Dabei variiert das Klima je nach Höhenlage, und auch im Süden findet sich in den Gebirgen ein gemäßigtes Klima. Diese verschiedenen Klimazonen ermöglichen eine sehr variantenreiche Flora und Fauna.

1.1 歷史概述

　　臺灣地處東南亞與東亞之交，被路過的葡萄牙人冠上「美麗島」——福爾摩沙的稱號，17 世紀荷蘭人與西班牙人先後駐足於此，直到 1662 年鄭成功的鄭氏王朝在此立基。1683 年臺灣被納入清國版圖，直到 1895 年中日甲午戰爭戰敗後割讓給日本。二戰後戰敗國日本須歸還臺灣，然而此間中國已經歷數次的政權交替。1949 年蔣介石領導的中華民國在中國與共產黨的內戰中失利，因而退守臺灣。

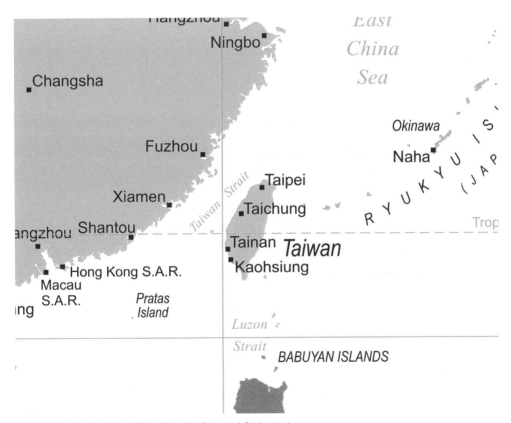

Taiwan – eine Insel an der Schnittstelle Ost- und Südostasiens.

1.1 Kurze geschichtliche Übersicht

• •

Obwohl Taiwan schon vor tausenden von Jahren besiedelt wurde, trat die Insel, die sich an der Schnittstelle des süd- und ostasiatischen Seehandels befindet, erst im 16. Jahrhundert in der Weltgeschichte auf, als sie von den europäischen Seemächten entdeckt wurde. Auf den fabelhaften Namen "Formosa" wurde sie von portugiesischen Seefahrern getauft, die beim Anblick der Insel "Illha Formosa (Schöne Insel)" ausgerufen haben sollen. Diese fassten allerdings nie richtig Fuß auf Taiwan, während sich Niederländer und Spanier im 17. Jahrhundert jahrzehntelang dort niederließen. 1662 vertrieb der Ming-Loyalist Koxinga (Zheng Cheng Gong/ 鄭成功) die Niederländer und seine Familie übernahm für eine kurze Zeit die Herrschaft über Formosa. Doch schon 1683 konnte die Qing-Dynastie die Insel Taiwan ihrem Reich einverleiben, ehe auch sie im Jahr 1895 nach dem Ersten Japanisch-Chinesischen Krieg Taiwan mitsamt der Inselgruppe Penghu an Japan abtreten musste. Die schöne Insel war nun bis zum Ende des Zweiten Weltkriegs eine Kolonie des japanischen Kaiserreiches. Währenddessen gab es einen Regierungswechsel in China. Die Qing-Dynastie wurde 1911 von der Kuomintang (KMT) gestürzt, womit das chinesische Kaisertum beseitigt wurde und die Republik China (Republic of China) entstand. Diese Republik China übernahm 1945 die Regierung über Formosa, nachdem sich Japan von der Insel zurückziehen musste. 1949 verlor die KMT unter der Führung von Chiang Kai-shek den Bürgerkrieg gegen die Kommunisten. Während die Volksrepublik China im Festland gegründet wurde, flüchteten Chiang und seine Anhänger auf die benachbarte Insel Taiwan. Seitdem ist Taiwan der Sitz der Regierung der Republik China.

niederlaßen)

1.2 族群

　　臺灣是位於亞太地區的一座美麗島嶼，因為其地理位置和歷史，使臺灣成為一個種族融合的社會。其中，原住民約有 575,067 人，佔總人口的 2.4%，在 17 世紀中國人大規模移民臺灣之前，臺灣已經有這些原住民居住。如今學界將他們歸入南島語族，而所謂的南島語族，包括現在菲律賓、印度尼西亞、馬來西亞、大洋洲、馬達加斯加的居民，以及夏威夷的原住民，還有紐西蘭的毛利人。簡單來說，臺灣原住民按居住地可分為 2 大族群：平埔族和高山族。平埔族最初定居在臺灣西部沿海大平原，幾個世紀以來，他們被 17 世紀以來移民至此的漢人所帶來的文化深度同化，導致他們的語言和傳統瀕臨消亡。而高山族大多定居在中央山脈以及東部和近海島嶼，由於較晚與其他外來民族的接觸，因此他們的語言、習俗和獨特的文化自 20 世紀初期之後才逐漸衰落。

1.2 Bevölkerung

Die heutzutage etwas über 23 Millionen Staatsbürger*innen Taiwans sind zu etwa 98 Prozent vorwiegend han-chinesischer Abstammung, während etwa 2% zu den indigenen Völkern Taiwans gehören. Dabei kam es in den Jahrhunderten, seit die ersten Han-Chines*innen nach Taiwan kamen, zu vielen Vermischungen, so dass eine klare Trennung oft nicht mehr möglich ist. Außerdem leben in Taiwan etwa 770.000 Ausländer*innen.

1.2.1 Han-Chines*innen （漢人）

Die Han-Chines*innen kamen in verschiedenen Wellen nach Taiwan. Die größte Einwanderungswelle gab es zwischen dem 17. und 19. Jahrhundert. Dabei kam der mit Abstand größte Teil dieser Einwanderer aus der süd-chinesischen Provinz Fujian. Diese Gruppe wird als Hoklo bezeichnet und macht mit etwa 70-75% den größten Anteil der heutigen Han-chinesischen Bevölkerung Taiwans aus. Eine weitere Gruppe, deren Vorfahren in die-ser Zeit nach Taiwan kamen, waren die Hakka, eine Bevölkerungsgruppe, die aus Guangdong nach Taiwan auswanderten. Die dritte große Gruppe Han-Chines*innen in Taiwan kam vorwiegend zwischen 1945 (nach Ende des Zweiten Weltkrieges) und 1949, vor allem jedoch 1949 zusammen mit der im Chinesischen Bürgerkrieg unterlegenen Kuomintang. Diese Gruppe macht heute etwa 15% aus und kam aus allen Teilen Chinas nach Taiwan. All diese Gruppen, die sich im Laufe der Jahre immer mehr vermischt haben und weiter vermischen werden, brachten ihre Religionen, ihre Traditionen und Sprachen nach Taiwan, wo sie sich über die Jahrzehnte zu einer einzig-artigen Kultur entwickelt haben.

1.2.2 Indigene Bevölkerung （原住民）

Die Insel Taiwan wird von verschiedenen ethnischen Gruppen bewohnt. Etwa 575.000 von ihnen gehören zu den mehreren indigenen Völkern Taiwans, die etwa 2,4% der Gesamtbevölkerung ausmachen.

Schon bevor die Han-Chines*innen ab dem 17. Jahrhundert in verschiedenen Wellen nach Taiwan kamen, war Taiwan von den indigenen Völkern besiedelt, die zu den „Austronesisch-sprachigen Völkern", beziehungsweise „Austronesiern" gezählt werden. Dazu gehören auch die Bewohner der heutigen Philippinen, Indonesiens, Malaysias, Australiens und Ozeaniens, Madagaskars sowie die indigenen Hawaiianer und auch Neuseelands Maori.

Im Allgemeinen kann die indigene Bevölkerung Taiwans ihren Siedlungsgebieten entsprechend in 2 Hauptgruppen unterteilt werden: die Peipo und die Bergbewohner.

Die Peipo (平 埔 族) siedelten anfangs in der großen Küstenebene von Westtaiwan. Jahrhunderte hindurch sind sie sehr stark von der dominierenden Kultur der seit dem 17. Jahrhundert eingewanderten Chines*innen assimiliert worden und ihre Sprachen und Traditionen sind deswegen so gut wie ausgestorben. Das macht die Anerkennung ihrer Völker sehr schwierig.

Die Bergbewohner lebten meistens im Hochland und auf den vorgelagerten Inseln von Osttaiwan. Aufgrund ihres späteren Kontaktes zu anderen fremden Völkern konnte vieles ihrer Sprachen, Bräuche und charakteristischen Kulturen noch bis zum Rückzug Japans im Jahre 1945 bewahrt werden.

Bis Ende 2020 wurden 16 indigene Völker offiziell von der taiwanischen Regierung anerkannt: Die Ami, Atayal, Paiwan, Bunun, Puyuma, Rukai,

2. Wie schön, dich zu sehen!   3. Was für ein Zufall!
Wie schön, von dich zu hören!   巧合

Tsou, Saisiat, Yami, Thao, Kavalan, Taroko, Sakilaya, Saidiq, Laalwa und
Kanakana. Unter ihnen zählen nur die Kavalan und Sakizaya zu den Peipo.
Die anderen 14 anerkannten Völker gelten traditionell als Bergbewohner.

Es ist hier nicht möglich, alle indigenen Völker vorzustellen, daher sollen
hier nur die vier größten indigenen Völker Taiwans vorgestellt werden:

Die Ami

4. Das gibt's doch nicht!
5. Das kannst du laut sagen!

Mit über 210.000 Menschen sind die Ami das heutzutage bevölkerungs-
reichste indigene Volk Taiwans, und sind meistens in den Ebenen und Tälern
Osttaiwans verbreitet. Ihre Gesellschaft ist matrilinear, was durch die älteste
Frau als Haushaltsvorstand, die Weitergabe der Erbschaft von Muttern zu
Tochter, Zusammenleben mit der Frau nach der Heirat gekennzeichnet ist.

Die landwirtschaftliche Tätigkeit der Ami bestand ursprünglich im Hirse-
anbau. In der Vergangenheit feierten ihre Stämme nach der Ernte der Hirse
große Feste, um den Göttern für ihre Gnade zu danken. Dies ist der traditionelle Ursprung des „Erntefestes" der Ami. Zu Beginn des 20. Jahrhunderts
stellten die Ami ihren Anbau auf Reis um, aber das jährliche Erntefest findet
weiterhin statt.

6. Wo war ich stehengeblieben?

Die Atayal

7. Mach dir keinen Kopf!
= Mach dir keine Sorgen.

Im nördlichen und mittleren Bergland Taiwans leben die ca. 92.000 Atayal. Das Volk der Atayal bevölkert fast ein Drittel der Berggebiete Taiwans
und ist damit das am weitesten verbreitete indigene Volk Taiwans. Traditionell sind die Atayal von der patriarchalischen Gesellschaftsform geprägt,
wo Männer im Mittelpunkte der Gemeinschaft stehen. Außerdem haben die
Atayal auch eine ganz besondere soziale Organisation - Gaga. Seine Grund-
bedeutung bestand in den institutionellen Normen, die von den Vorfahren

— prägen
特徵

8. Ich verlasse mich auf dich!   9. Im Ernst? = Erlich?

10. Von mir aus.

Vorfahr
祖宗

festgelegt wurden, und sich später allmählich zu einer blutsverwandtschaft-lichen und funktionalen Gemeinde weiterentwickelt hat, die den Teamgeist der kollektiven Arbeit, der Jagd, den Kulten und Entscheidungen über öf-fentliche Angelegenheiten ausübte.

Erwähnenswert ist, dass erwachsene Atayal-Männer die Fähigkeit zur Jagd haben müssen, während erwachse-ne Atayal-Frauen mit dem Weben ver-traut sein müssen. Die Atayal-Leute, die die Zeremonie des Erwachsenwerdens bestehen, dürfen ihre Gesichter tätowie-ren lassen. Diese Tradition der Tätowie-rung ist allerdings schon seit fast einem Jahrhundert verschwunden.

Eine wichtige Tradition der Atayal ist die Gesichtstätowierung.

Die Paiwan

Die knapp 103.000 Paiwan leben im Südosten Taiwans und sind berühmt für ihre Holzschnitzerei, Töpferhandwerk, Glasperlen und Bronzemesser, die hauptsächlich der Ahnenverehrung dienen und den sozialen Status des Inhabers symbolisieren. Dieses Volk hat ein strenges und von Generation zu Generation vererbtes Klassensystem, das in 4 Klassen unterteilt ist: Anfüh-rer, Adliger, Krieger und Bürgerschaft. Das heißt, dass die Gesellschaft der Paiwan auf dem Feudalismus basiert, wo die Anführer und Adeligen den Kern der Macht bilden und nach der Primogenitur vererbt wird. Laut einer Sage stammt die Oberschicht der Paiwan von einer Schlange ab. Daher sind

Die Nasenotter ist ein Totem der Paiwan und der Rukai

oft Darstellungen von Schlangen auf ihren Kunst- und Alltagsgegenständen und Kleidung zu sehen.

Die Puyuma

Östlich an das Gebiet der Paiwan angrenzend gibt es eine Ebene, wo die ca. 14.600 Puyuma leben. Obwohl sie sich in den multiethnischen Ebenen bewegen, bewahren die Puyuma bisher noch ihre überlieferte Kultur und ihr traditionelles Leben.

Ihre Gesellschaft ist relativ stark auf sozialen Rollen beziehungsweise die politischen Anführer/Innen, Priester/Innen und Hexenmeister/Innen und einige Systeme angewiesen, um die politischen, rituellen und medizinischen Mechanismen aufrechtzuerhalten. Ihr Verwandtschaftssystem ist prinzipiell multilinear. Ein Puyuma-Jugendlicher muss ab seinem 12. Lebensjahr ein strenges körperliches Jagd- und Wissenstraining durchstehen. Darüber hinaus ist die Puyuma-Hexerei sehr beliebt, die in zwei Haupttypen gegliedert werden kann: die weißen und die schwarzen Hexen. Weiße Hexen heilen Menschen und beten für die Stämme, während schwarze Hexen den Leuten Flüche zufügen.

Hier kann nur eine sehr kurze Einführung zu den indigenen Völkern Taiwans gegeben werden. Wenn man weiteres Interesse an diesem Thema hat, kann man sich darüber an einigen anderen Orten in Taiwan informieren, wie beispielsweise in dem „Shung-Ye Museum of Formosan Aborigines" in Taipeh oder in der „Formosan Aboriginal Culture Village" in Nantou.

Bekannt ist Taiwan aufgrund seiner schnellen Wirtschaftsentwicklung nach dem Zweiten Weltkrieg auch als einer der vier asiatischen Tiger (neben Singapur, Korea und Hongkong), doch auch wenn Taiwan in erster Linie bekannt für seine Wirtschaft, seine IT-Industrie, Chipherstellung u. Ä. ist, machen doch auch Taiwans variantenreiche Natur und vielfältige Kultur und Traditionen einen Besuch wert.

第 2 章

Alltagsleben

日常生活

Bilder: Ilon Huang

2.1 便利商店

　　臺灣可說是全球便利商店密度最高的國家之一，幾乎在每個街口都能發現它們的存在，其中 7-11、全家、萊爾富、OK 為最主要的四大便利商店。為滿足各式各樣的消費需求，現今便利商店的服務範圍從零售食品的販賣，乃至帳單繳費、寄領包裹、影印，還有車票、門票的訂購，通通一手包辦，再加上商品齊全且全年無休的特性，為民眾帶來許多生活上的便利，使其成為臺灣人生活中不可或缺的一部分。「有 7-ELEVEN 真好」、「全家就是你家」這兩句廣告詞，最能反映出便利商店為臺灣的日常生活所帶來的便利性。

In Minimärkten lässt sich fasst alles finden, was man für den täglichen Gebrauch benötigt.

2.1 Minimärkte

Man benötigt früh am Morgen auf dem Weg zur Universität oder zur Schule noch schnell einen Schreibblock oder Stifte. Oder man sitzt spät in der Nacht mit Freunden im Park und hat Durst auf ein Bier, eine Cola oder ein anderes Getränk. Oder man hat vielleicht sogar Hunger. In Taiwan kein Problem, denn heutzutage findet man in ganz Taiwan sogenannte Convenience Stores oder Minimärkte („Bian Li Dian/ 便利店). Dabei können Kunden aus verschiedenen Ketten wählen, z. B. „7-Eleven", „Familymart", „OK mart" oder „Hi-Life". Taiwan ist mittlerweile das Land mit der weltweit höchsten Dichte an Convenience Stores. Jede städtische Siedlung des Landes hat zumindest eine Filiale, und in vielen Vierteln sind sogar zwei oder mehrere Geschäfte einer Kette in einem Block untergebracht. Diese Läden sind rund um die Uhr geöffnet und man kann sich heutzutage ein Leben ohne solche Minimärkte nicht mehr vorstellen.

Ebenso wie herkömmliche Kiosks bieten Minimärkte eine Vielfalt von Snacks und Getränken. Doch darüber hinaus bieten diese Läden viele Arten von verzehrfertigen Lebensmitteln, darunter Sushi, Reisbrötchen, Sandwiches, lokale Delikatessen, Brot, Teigwaren und Mikrowellengerichte, wie

Minimärkte möchten heute mehr als ein kurzer Stopp sein. Viele bieten gemütliche Sitzgelegenheiten, die die Kunden zum Verweilen einladen. (Bild: Ilon Huang)

zum Beispiel Nudelsuppen oder Nudelgerichte. Aber auch sonst findet man alle möglichen Produkte, die man für das alltägliche Leben benötigt. Wie Schreibwaren, Hygieneartikel und Körperpflegemittel und sogar Elektrogeräte. Daher kann man sich jederzeit das Nötigste in einem Minimarkt besorgen.

Minimärkte wollen aber nicht mehr nur ein Laden sein, den man nur aufsucht, wenn man etwas dringend benötigt, und dann sofort wieder geht. Man möchte vielmehr, dass die Kunden sich länger hier aufhalten. Daher bieten z. B. viele Filialen heutzutage Zonen an, in denen man sich hinsetzen kann, um etwas zu trinken oder zu essen oder sich mit Freund*innen zu unterhalten. Oft nutzen Schüler*innen oder Student*innen diese Zonen, um dort Hausaufgaben zu machen oder an Gruppenprojekte zu arbeiten.

Um auf dem sich andauernd verändernden Markt mithalten zu können, werden noch viele andere Dienstleistungen angeboten. So kann man an der Kasse nicht nur für seine Waren, sondern auch Gebühren oder Rechnungen bezahlen. Zudem können Minimärkte als Paketstationen dienen. Wenn man etwas online bestellt hat, kann man einfach die Adresse des benachbarten Minimarkts eingeben, und man kann sich sein Paket dort oft schon am nächsten Tag abholen. Auch kann man in einem solchen Laden Dinge per Kurierdienst verschicken lassen. Man braucht nicht mehr in aller Hektik sein Paket zu packen, bloß weil die Post demnächst schließt.

Darüber hinaus steht fast in jedem Laden sowohl ein Geldautomat, an dem man jederzeit Geld abheben kann, als auch ein Touchscreen-Terminal, das beispielsweise bei den Marktführern 7-Eleven „iBon" und Familymart „Familyport" heißt. An so einem Gerät lassen sich Kino- und Konzertkarten, sowie Zug- und Busfahrkarten buchen und anschließend ausdrucken. Dazu kann kann man mit einem Kopierer/Drucker Dokumente ausdrucken und Fotos entwickeln lassen. Dies ist eine gute Alternative für Menschen, die nur gelegentlich etwas ausdrucken möchten, und natürlich für Student*innen, die "kurz vor 12" eine Hausaufgabe oder eine Arbeit ausdrucken müssen.

„Minimärkte sind dein bester Begleiter." Dieser Spruch kommt vielen Bürgern im Laufe der Zeit in den Sinn. Sie erfüllen unsere Bedürfnisse nach Komfort. Durch die angebotenen Produkte und Dienstleistungen sind Minimärkte inzwischen ein untrennbarer Bestandteil des taiwanischen Alltagslebens und ein besonderer Teil der taiwanischen Kultur geworden.

2.2 悠遊卡

Die praktischen EasyCards gibt es auch mit lustigen Motiven (Bild: Ilon Huang)

　　「悠遊卡」是臺灣的一種非接觸式電子票證，最早在 2002 年使用於搭乘臺北捷運，截至目前的發行量已超過八千萬張。2009 年悠遊卡公司與統一超商「icash 卡」建立策略聯盟，發行「icash 悠遊卡」，如今悠遊卡已成為一種普遍的小額支付方式。悠遊卡的使用範圍十分廣泛，除了可以搭乘捷運、公車、公共自行車等大眾運輸，甚至搭計程車的費用也能夠以悠遊卡支付，另外也可使用於便利商店付費或是在特約商店內的小額消費。至於最先使用於高雄捷運的「iPass 一卡通」，則是繼悠遊卡後臺灣第二大的智慧卡。悠遊卡與一卡通現今皆通行於全國，使得臺灣人民的生活更加便利。

2.2 EasyCard

Die EasyCard ist eine berührungslose, wieder aufladbare, multifunktionale Chipkarte, die heutzutage aus dem taiwanischen Alltag kaum mehr wegzudenken ist. Sie wird von der „EasyCard Corporation" ausgestellt, und wurde im Juni 2002 zunächst für die U-Bahnen in Taipeh, die sogenannte „Taipeh MRT" eingesetzt. Zwei Jahre später waren bereits mehr als 4 Millionen Karten ausgestellt. Inzwischen sind über 80 Millionen aktiv in Betrieb.

Im April 2005 wurde die Nutzung von EasyCards auch für Taxis zunächst probeweise eingeführt. Damit war Taipeh die zweite Stadt der Welt nach Shanghai, in der eine Transport-Chipkarte zur Bezahlung von Taxitarifen verwendet wurde. Im Jahr 2007 wuchs die Zahl der EasyCards in Taiwan auf mehr als 10 Millionen. 2009 gingen die EasyCard Corporation und die „icash Corporation" eine Kooperation ein. „icash" ist eine Art Cyberwallet, das in Minimärkten (wie beispielsweise 7-Eleven) benutzt werden kann. Daraufhin wurde die „icash-EasyCard" ausgestellt, worauf die EasyCard im Jahr 2010 offiziell zu einer neuen Zahlungsmethode wurde. Jetzt konnte man die EasyCard nicht mehr nur für den Transport verwenden, sondern auch für den Einkauf. Seitdem hat sich der Anwendungsbereich für die EasyCard im ganzen Land immer weiter ausgeweitet.

EasyCards können jetzt in zahlreichen Bereichen im Alltag benutzt werden. Zum einen, wie schon erwähnt, für die öffentlichen Verkehrsmittel. Dies schließt die „Taipeh MRT", den Zug, den Bus, das Taxi und öffentliche Leihräder ein. In vielen Städten in Taiwan gibt es ausleihbare Fahrräder, einschließlich Taipeh, Tainan und Kaohsiung. Sie heißen U-Bike, T-Bike oder

C-Bike. Auch diese Leihfahrräder kann man mit der EasyCard ausleihen. Außerdem kann man in Minimärkten und bestimmten Geschäften mit Easy-Cards einkaufen. McDonalds, KFC, Starbucks, verschiedene Supermärkte, Drogerien und ein paar Restaurants bzw. Getränkegeschäfte haben dies mit der EasyCard Corporation vertraglich festgehalten, deshalb kann man in diesen Orten auch mit der EasyCard bezahlen. Darüber hinaus werden die EasyCards auch für Münzfernsprecher und den Eintritt bei vielen Touristen-attraktionen verwendet, wie zum Beispiel dem Taipeher Zoo, der Maokong Gondola und dem „Taipeh Fine Arts Museum".

Man kann EasyCards in Minimärkten, am Auskunftsschalter in MRT-Sta-tionen und beim Kundendienst der EasyCards kaufen. Eine EasyCard kostet 100 Neue Taiwan-Dollar (NT-Dollar) und ist wiederaufladbar. Mit neuem Guthaben kann man die EasyCard eigentlich überall dort aufladen, wo man sie erwerben kann, d. h. in den MRT-Stationen oder in den schon vorher be-schriebenen Minimärkten. Das maximale Guthaben der EasyCard beträgt 10.000 NT-Dollar. Außerdem kombinieren die meisten Schulen und Uni-versitäten in Taiwan heutzutage ihre Studentenausweise mit EasyCards, so dass Schüler und Studierende keine EasyCard zusätzlich kaufen müssen. Mit diesen Kombi-Karten bekommen sie in öffentlichen Verkehrsmitteln Er-mäßigungen.

Neben der EasyCard ist die sogenannte „iPass Card" die zweit-verbrei-tetste Chipkarte in Taiwan. Diese wird seit 2007 ausgegeben und derzeit sind etwa 25 Millionen im Umlauf. Zuerst wurden solche Karten von der Kaohsiung MRT ausgestellt und für den Transport in Kaohsiung benutzt. Allmählich erweiterte man den Anwendungsbereich der iPass Card. Heute funktionieren sie genauso wie EasyCards. Man kann mit der iPass Card sowohl die öffentlichen Verkehrsmittel des ganzen Landes benutzen, als auch in Minimärkten und kleinen Verbraucherläden einkaufen. Insgesamt machen diese Karten das Leben in Taiwan viel einfacher und praktischer.

2.3 夜市

Auf Taiwans Nachtmärkten kann man eine Vielzahl von traditionellen Snacks und Speisen testen.

　　對於臺灣人而言，吃是一種藝術，也是一種文化表現，尤其臺灣特殊的歷史背景，使得飲食文化更加多元化。除了中華美食之外，臺灣小吃與夜市文化更是獨步全球，飲食種類豐富且多樣。其中最具代表性的小吃有蚵仔煎、臭豆腐、雞排、地瓜球、春捲冰淇淋等，皆是別具風味的美食，不僅物美價廉，且能吃出當地的人文特色。臺灣的每個夜市各有不同的特色與風味。透過地方小吃，遊客可以更認識地方特產、文化與人文典故。因此，遊臺灣，絕對別錯過了精采絕倫的「夜市文化」！

2.3 Nachtmärkte

Wenn man in ein Land reist, darf das pulsierende Nachtleben nicht fehlen. Bars, Clubs und viele der üblichen Nachtaktivitäten werden auch in Taiwan geboten. Doch darüber hinaus hat Taiwan eine besondere Attraktion für die Abendstunden zu bieten - die allgegenwärtigen Nachtmärkte. Diese Nachtmärkte beginnen meistens am Spätnachmittag und dauern teilweise bis tief in die Nacht.

Die Geschichte des Nachtmarkts reicht zurück bis in die Tang-Dynastie in China. Damals wurden Märkte und deren Öffnungszeiten noch strikt beschränkt, da die Regierung eine Ausgangssperre festgelegt hatte. Allerdings führte wirtschaftliches Wachstum gegen Ende der Tang-Dynastie zu weniger staatlicher Regulierung. Und bereits während der Song-Dynastie drehte sich das Leben des Volks zunehmend mehr um die Nachtmärkte, die in den großen Städten zu finden waren und von denen manche sogar rund um die Uhr geöffnet hatten.

Die Nachtmärkte in Taiwan entwickelten sich jedoch erst nach dem Zweiten Weltkrieg in ihre jetzige Form. Es fing damit an, dass etliche Stände sich abends sammelten und ihre Waren verkauften. Allerdings waren sie nicht an einem Ort fixiert, sondern wanderten jeden Abend woanders hin. In Verbindung mit Stadtplanungen entstanden allmählich regelmäßige Märkte, die besser organisiert waren. Mit dem steigenden Wohlstand in Taiwan in den 1960er und 1970er Jahren und der zunehmenden Urbanisierung, besonders in Taipeh, verbreiteten sich die Nachtmärkte weiter.

Heutzutage gehören Nachtmärkte zum Straßenbild und zur Kultur Taiwans und sind nicht nur eine Attraktion für Touristen. Wer den Markt zum ersten Mal betritt, wird sich von den Eindrücken und der unendlichen Auswahl nahezu überwältigt fühlen. Besucher*innen können hier preiswerte Gegenstände aller Art besorgen, von Kleidung über Schmuck bis hin zu Haushaltsgegenständen. Zudem sind Nachtmärkte ein Paradies für spielfreudige Seelen, denn man kann vielerorts beispielsweise mit elektrischen Basketballkörben, Ringwerfen oder Greifautomaten spielen. Außer den oben genannten Aktivitäten darf man aber insbesondere keineswegs das Essen auf dem Nachtmarkt verpassen.

Nachtmärkte sind weit bekannt für ihre traditionellen Snacks. Die Vielzahl von Essensständen bieten in erster Linie Snacks zum Mitnehmen an, doch bei manchen stehen daneben auch kleine Tische und Hocker zum Sitzen und Genießen. Es werden abwechslungsreiche Gerichte und Getränke angeboten, wie zum Beispiel Reisklöße mit Schweineblut (豬

Sehr beliebt sind diese frittierten Hähnchenstückchen.

血糕), Süßkartoffelbällchen, Bubble Tea, Würstchen im Klebreismantel und vieles mehr. Besonders beliebt sind bei allen der stinkende Tofu, das Austern-Omelett und frittiertes Hühnerfilet.

Der stinkende Tofu wird aus fermentiertem und mariniertem Tofu zubereitet, der entweder gebraten oder gekocht und mit süßsaurem Essiggemüse und Soja- oder Chilisoße serviert wird. Er hat einen sehr intensiven Geruch, der für viele Leute, die diesen Geruch nicht kennen, unerträglich ist. Aber wer es trotzdem schafft, sich dem Gericht zu nähern, wird vom köstlichen Geschmack überrascht werden.

Das Austern-Omelett wird aus frischen Austern, Eiern und Gemüse hergestellt, die auf einem Teig gebraten werden, der durch eine Zusage von Stärke eine feste Konsistenz bekommt. Serviert wird das Omelett in einer rosaroten, würzigen Soße, so dass es saftig und leicht süßlich schmeckt. Dies ist ein Klassiker auf den Nachtmärkten.

Frittiertes Hühnerfilet wird aus einem ganzen Hühnerbrustfilet gemacht, goldgelb frittiert und anschließend gewürzt und in einer Tüte serviert. Diese Leckerei hat an großer Beliebtheit gewonnen und zählt zu den typischen Spezialitäten Taiwans. Von der knusprigen Kruste und dem saftig-zarten Fleisch können viele einfach nicht genug bekommen.

Viele dieser Snacks findet man auf fast allen Nachtmärkten. Allerdings gibt es einige lokale Spezialitäten, die von Stadt zu Stadt variieren und nur vor Ort zu finden sind, wie beispielsweise das „Sargbrot" (棺材板) in Tainan. Es besteht aus einer dicken Scheibe Brot, dessen Mitte mit cremiger Suppe gefüllt wird, dazu kommt noch eine Scheibe Brot als Deckel darauf, was an einen Sarg erinnert.

Nachtmärkte bieten die beste Möglichkeit, um preiswert das kulinarische Angebot der Ortschaft zu entdecken. Wer die landestypische Küche in Taiwan erleben möchte, sollte wenigstens einmal einen Nachtmarkt besuchen.

2.4 茶文化

　　喝茶是許多臺灣人生活中不可或缺的一部分，臺灣的茶文化發展至今已有兩百多年歷史。清領時期，英國商人約翰陶德（John Dodd）對臺灣茶業有很大貢獻，他在臺灣北部種植並推廣茶業，且外銷至國外，因而掀起飲臺灣茶的風潮，後人稱其為「臺灣烏龍茶之父」。臺灣茶種類多元，其中舉凡凍頂烏龍茶、日月潭紅茶、文山包種茶、東方美人茶，和臺灣高山茶等，皆屬於臺灣名茶。臺灣茶藝是一套已儀式化的泡茶與飲茶程序，其技術和茶具都十分講究。而現今街上的手搖飲料店，更是從傳統茶道演變發展而來的新文化。

Tee ist in Taiwan auch heutzutage noch oft mehr als nur ein Getränk.

2.4 Teekultur

● ●

Das Teetrinken stellt einen wichtigen Teil des Lebens in Taiwan dar. Die 200-jährige taiwanische Teekultur hat ihre eigene Tradition, die mit den speziellen Teesorten und der einheimischen Teekunst zusammenhängt.

Die Geschichte des Teeanbaus in Taiwan begann bereits vor dem 18. Jahrhundert. Aus historischen Schriftstücken des frühen 18. Jahrhunderts wissen wir, dass es in Taiwan eine einheimische Teesorte gab, noch bevor man chinesischen Tee nach Taiwan brachte und hier verpflanzte. Diese Art von einheimischem Tee ist der „Taiwan Camellia", der heute in den Bergen von Zentral- und Südtaiwan zu finden ist. Während der Qing-Dynastie blühte mit der Einwanderung von Bewohner*innen aus Anxi in der chinesischen Provinz Fujian allmählich Taiwans Teeindustrie auf. Die Stadt Anxi (安溪) und ihre Umgebung sind bekannt für die Herstellung von Tee. Besonders berühmt ist die Teesorte Tieguanyin, die damals mit den chinesischen Einwanderern nach Taiwan eingeführt wurde.

Weiterhin leistete der britische Geschäftsmann John Dodd einen großen Beitrag zur taiwanischen Teeindustrie. Er kam zum ersten Mal 1860 nach Taiwan. Anfangs konzentrierte er sich auf die Geschäfte mit Kohlengruben und Kampfer, doch als er Nordtaiwan besuchte, stellte er fest, dass die Umgebung in Taiwan für den Anbau von Tee gut geeignet war. Er glaubte, dass diese Branche äußerst wettbewerbsfähig sei, und so begannen er und der Komprador, Li Chunsheng (李春生), den Teeanbau in Nordtaiwan zu fördern, indem sie Teesetzlinge aus Anxi einführten. Dazu engagierten sie Teemeister aus Südchina, um den Oolong-Tee herzustellen. Ende der 60er Jahre begannen sie erfolgreich Oolong-Tee nach Amerika zu exportieren, wodurch sich der Tee aus Taiwan international einen Namen machte. Dies führte zur Blüte der taiwanischen Teeindustrie. Daher werden John Dodd und Li Chunsheng auch oft Väter des taiwanischen Oolong-Tees bekannt.

Während der Qing-Dynastie wurde Tee zu einem der größten Exportgüter Taiwans. Damals hieß der aus Taiwan exportierte Tee „Formosa Tee". Darüber hinaus verlagerten die Teehändler ihren Schwerpunkt nach Norden, was die wirtschaftliche Entwicklung von Taipeh und dem ganzen Land förderte und einen wichtigen Einfluss auf die taiwanische Kultur hatte.

Während der japanischen Besatzung förderten die japanischen Machthaber den Anbau von schwarzem Tee, wodurch der taiwanische Tee internationalisiert und nach Europa und Amerika exportiert wurde. 1899 eröffnete „Mitsui & Co., Ltd." in großem Umfang Teeplantagen in Taipeh und Taoyuan und gründete eine neue Art von Teefabrik ausschließlich für schwarzen Tee.

Der Ausbruch des Zweiten Weltkriegs führte jedoch zu Nahrungsmittel- und Arbeitskräftemangel. Einige Teeplantagen wurden in Plantagen für Nahrungspflanzen umgewandelt. Auch die ursprünglich in der Teeindustrie tätigen Arbeitskräfte mussten in anderen Branchen arbeiten, was dazu führte, dass die Teeindustrie in Taiwan extrem schrumpfte und die Produktion um beinah 90% reduziert wurde. Dieses änderte sich langsam nach dem Krieg. Insbesondere als die Menschen im Zuge des Wirtschaftsaufschwungs wieder die Gelegenheit hatten, Freizeitvergnügen nachzugehen, wurden wieder immer mehr Teehäuser eingerichtet, die zu einem wichtigen Ort im Freizeitleben der Taiwaner*innen wurden.

Es gibt zahlreiche Teesorten in Taiwan, darunter den Oolong-Tee, Schwarzen Tee und Pouchong. „Dong Ding Tee" ist eine Art von Oolong-Tee, der in Nantou angebaut wird. Dongding (凍頂) ist der Name eines Berges in Zentraltaiwan, auf dem diese Art von Oolong-Tee angebaut wird. Dieser Oolong-Tee nimmt auf dem taiwanischen Teemarkt häufig die führende Position ein. Ein anderer berühmter Tee ist der „Sonne-Mond-See Schwarzer Tee", der in Nantou angebaut wird. Die jährliche Durchschnittstemperatur und stabile Luftfeuchtigkeit in Yuchi Township, Nantou, eignet sich besonders für den Anbau von Schwarzem Tee. Pouchong wird vor allem im Norden von Taiwan angebaut. Er ist ein leicht fermentierter Tee. Außerdem sind „Oriental Beauty" und „High-Mountain Tea" auch bekannte Teesorten aus Taiwan. Die oben erwähnten Sorten gehören zu den zehn berühmtesten in Taiwan.

Unter der taiwanischen Teekunst versteht man eine ritualisierte Teezubereitung und die dazugehörige Verkostung. Dabei wird große Aufmerksamkeit auf das Teegeschirr und die Technik der Teezubereitung gelegt. Das Teeservice ist klein, um die Qualität des Tees kontrollieren zu können. Die Grundausstattung besteht aus einer Teekanne und ein paar Teetassen. Die Kanne wird mit Teeblättern befüllt, auf die kochendes Wasser gegossen wird. Dabei soll man beachten, dass die Kanne nicht mit zu vielen Blättern gefüllt wird, weil diese sich im heißen Wasser entfalten. Außerdem benutzt man oft Wasser aus Quellen oder Brunnen, damit der Tee seinen besonderen Geschmack besser entfalten kann. Die Teeblätter müssen je nach Sorte eine bis zwei Minuten in der Kanne ziehen. Der fertige Tee wird dann zunächst in ein spezielles Gefäß gegossen, mit dem der Kenner den Geruch des Tees genießt, bevor er in die Tässchen eingegossen wird.

Mit der Verbreitung des Teetrinkens entwickelte sich der Teetourismus in Taiwan. Die Stadt Nantou und die Region Maokong in Taipeh sind zwei bekannte Touristenattraktionen, die berühmt für Tee sind. Nantou liegt im Zentrum Taiwans und ist größtenteils bergig. Es ist das Hauptanbaugebiet von „Sonne-Mond-See Schwarzer Tee". In der Stadtgemeinde Zhushan in Nantou befindet sich das „Yoshantea Tea Culture House". Dort kann man den Teegarten besuchen, während man sich fachkundige Erklärungen anhört. Außerdem kann man auch selbst Tee rösten und probieren. Maokong liegt im Taipeher Bezirk Wenshan. Die Teesorten „Wenshan Pouchong" und „Tieguanyin" werden hauptsächlich in Maokong angebaut. Dort gibt es viele Teegärten zu besichtigen, und verschiedene Teehäuser und Restaurants. Die Leute gehen gerne nach Maokong, um Tee zu trinken und den nächtlichen Anblick der Hauptstadt zu genießen.

Teetrinken ist zu einem wichtigen Teil des taiwanischen Lebens geworden. Man trinkt heutzutage Tee nicht nur als kulturelles Event, sondern auch zu Gerichten oder zum Nachtisch. Neben den traditionellen Tees haben in den letzten Jahrzehnten Mischgetränke Taiwan

Ein moderner Teil der taiwanischen Teekultur ist der Milchtee, den es mit den verschiedenen Zutaten gibt.

erobert. Im Ausland am bekanntesten ist dabei wohl der Milch-Tee mit Tapioca-Perlen, der sog. „Bubble Tea", der inzwischen auf der ganzen Welt verbreitet ist. Andere Varianten sind Tee gemischt mit Früchten/Fruchtsäften oder Joghurtgetränken. Angeboten werden diese Mischgetränke in erster Linie in Ketten-Teeläden, die die Tee-Getränke zum Mitnehmen anbieten. Aber auch in vielen Restaurants werden inzwischen solche Tee-Getränke angeboten.

2.5 十二生肖

十二生肖是一種以十二種動物紀年的方式，這十二種動物依序為鼠、牛、虎、兔、龍、蛇、馬、羊、猴、雞、狗、豬。每十二年為一個循環，以農曆正月初一為一年的開始。有關十二生肖的來源有多種說法，其中以「玉皇大帝讓動物們比賽渡河，看誰速度最快，作為選拔十二生肖代表動物的標準」這個版本最廣為流傳。歷史上也有些許關於十二生肖的紀錄，最早於秦代就已經有人將十二生肖與十二地支相配。我們也可以透過十二生肖來推算一個人的年紀，這也是向人詢問年齡較委婉、禮貌的方式。另外，有如西方的星座，民間也流行使用十二生肖來算命。

Die chinesischen Tierkreiszeichen spielen bei vielen Taiwaner*innen auch heute noch eine große Rolle.

2.5 Die chinesischen Tierkreiszeichen

Die chinesischen Tierkreiszeichen bestehen aus zwölf Tieren, wobei diese Tiere nicht Monaten, sondern Jahren zugeordnet sind. Die Tierkreiszeichen sind in dieser Reihenfolge Ratte, Ochse, Tiger, Hase, Drache, Schlange, Pferd, Ziege, Affe, Hahn, Hund und Schwein. Wenn zwölf Jahre vergangen sind, wiederholt sich der Kreis. Der erste Tag des ersten Monats des Mondkalenders gilt als Beginn des Jahres und man betrachtet diesen Tag als Übergangspunkt der Tierkreise.

Es gibt viele Legenden über den Ursprung der chinesischen Tierkreiszeichen, und die folgende ist eine der am weitesten verbreiteten Versionen. Es wird erzählt, dass der Jadekaiser sich auf Bitten der Menschheit eine Ordnung für den Ablauf der Jahre ausdenken wollte, damit sich die Menschen die Jahre leichter merken konnten. Nach langer Überlegung beschloss der Jadekaiser zwölf Tiere auszuwählen, nach denen die Jahre geordnet werden sollte. Um die Tiere auszuwählen, beschloss der Jadekaiser, an seinem Geburtstag einen Wettbewerb zu veranstalten, bei dem alle teilnehmenden Tiere einen Fluss überqueren mussten. Die schnellsten zwölf würden dann als die Repräsentanten des chinesischen Tierkreiszeichens ausgewählt. Als sich die Nachricht verbreitete, waren alle Tiere begierig darauf, zu den zwölf Tieren zu gehören. Die Ratte und die Katze wollten auch daran teilnehmen, aber sie waren zu klein und konnten nicht schwimmen. Deshalb baten sie den freundlichen Ochsen, sie über den Fluss zu tragen. Am Tag des Wettbewerbs verschlief die Katze jedoch und die Ratte konnte sie nicht wecken. Daher nahmen die Ratte und der Ochse ohne die Katze am Wettbewerb teil. Kurz bevor sie das Ziel erreichten, sprang die Ratte vom Ochsen herunter und lief als erste über die Ziellinie. Der Ochse belegte den zweiten Platz.

Der Legende nach wurden die 12 Tiere mit Hilfe eines Wettrennens ausgewählt.

Der Tiger kam durchnässt auf dem dritten Platz an. Der Hase überquerte den Fluss mit Hilfe der anderen Tiere und sprang als Vierter ins Ziel. Der Drache startete wegen seiner Verpflichtungen - er musste es erst für die Menschen regnen lassen - erst später und flog daher erst als Fünfter in Ziel. Danach kam das Pferd, aber die Schlange hatte sich unter dem Pferd versteckt. Als die Schlange auftauchte, erschreckte sie das Pferd, deswegen belegte die Schlange den sechsten und das Pferd den siebten Platz. Die Ziege, der Affe und der Hahn überquerten den Fluss gemeinsam auf einem Holzfloss und belegten nacheinander den achten, neunten und zehnten Platz. Der Hund war ein guter Schwimmer, aber er hatte zu lange im Wasser gespielt, deshalb kam er nur auf Platz elf. Den letzten Platz belegte schließlich das Schwein. Erst als der Jadekaiser die Rangfolge der zwölf chinesischen Tierkreiszeichen verkündete - Ratte, Ochse, Tiger, Hase, Drache, Schlange, Pferd, Ziege, Affe, Hahn, Hund, Schwein - kam die Katze schließlich doch noch ins Ziel. Aber der Wettbewerb war natürlich schon beendet, weshalb sie sich nicht mehr platzieren konnte. Die Katze glaubte, dass die Ratte sie absichtlich nicht geweckt hatte. Deshalb wurde sie so wütend, dass Katze und Ratte für alle Ewigkeiten Feinde wurden.

Bereits in Schriften aus dem 3. Jahrhundert vor Christus wurden die chinesischen Tierkreiszeichen dokumentiert. Darin wurden die Tiere den zwölf Erdzweigen zugeordnet, einem alten chinesischen Nummerierungssystem. Allerdings ist die älteste Aufzeichnung der chinesischen Tierkreiszeichen, die sich auf Geburtsjahre der Menschen beziehen, erst aus dem 6. Jahrhundert belegt. Einige Länder im Westen Chinas und in der Wüste im Norden verwendeten die chinesischen Tierkreiszeichen, um die Jahre aufzuzeichnen. Zu dieser Zeit wurden im zentralchinesischen Gebiet die sogenannten Himmelsstämme mit den Erdzweigen kombiniert, um Jahre aufzuzeichnen. Durch den Austausch zwischen den beiden Kulturen verschmolzen die beiden Chronologien schließlich und daraus entwickelten sich die heutigen chinesischen Tierkreiszeichen.

Die chinesischen Tierkreiszeichen können auch als Altersbezeichnung dienen. Jedes Jahr gibt es ein entsprechendes Tierkreiszeichen, und zwölf Jahre bilden einen Zyklus. Daraus kann man das Alter einer Person erschließen. Dies ist eine taktvolle und höfliche Art, andere nach ihrem Alter zu fragen. Folgende Tabelle soll dieses Verfahren illustrieren:

Tierkreis-zeichen	Geburtsjahr				
Ratte	1972	1984	1996	2008	2020
Ochse	1973	1985	1997	2009	2021
Tiger	1974	1986	1998	2010	2022
Hase	1975	1987	1999	2011	2023
Drache	1976	1988	2000	2012	2024
Schlange	1977	1989	2001	2013	2025
Pferd	1978	1990	2002	2014	2026
Ziege	1979	1991	2003	2015	2027
Affe	1980	1992	2004	2016	2028
Hahn	1981	1993	2005	2017	2029
Hund	1982	1994	2006	2018	2030
Schwein	1983	1995	2007	2019	2031

Darüber hinaus ist es beliebt, die chinesischen Tierkreiszeichen zum Wahrsagen zu verwenden. Durch die Analyse des chinesischen Tierkreiszeichens und des Geburtsdatums nach dem chinesischen Mondkalender kann man für das Glück des laufenden Jahres in Bezug auf Geld, Karriere, Liebe und so weiter eine Prognose machen. Auch wird es wie das westliche Sternbild verwendet, um anhand des Horoskops und des Sternzeichens den Charakter einer Person zu beschreiben.

2.6 臺灣棒球

Baseball ist eine der beliebtesten Sportarten in Taiwan.

　　在幾個以華人為主體的國家和地區裡，屬臺灣人最瘋棒球，甚至將之視為「國球」。棒球運動在臺灣的發展已有百餘年歷史，起源可追溯自日本的殖民統治時期，當時棒球具有濃厚的殖民色彩，也是臺灣被殖民者與日本殖民者少數可以公平競爭的場域；二戰後初期民生困苦，「呷飽看野球」（吃飽看棒球）逐漸發展成庶民生活的一部分。如果試著梳理棒球在臺灣的歷史，將可發現臺灣棒球邁向多元化發展的歷程，正如同一世紀以來臺灣社會變遷的縮影。

2.6 Baseball in Taiwan

Diese Sportart war in Taiwan oft ein Spiegel der gesellschaftlichen Veränderungen.

Wenn man in Taiwan von einem Nationalsport sprechen kann, dann steht Baseball ganz oben auf der Liste. Aber Baseball war und ist oft mehr als nur Sport in Taiwan. In den etwas mehr als 100 Jahren, in denen Baseball in Taiwan gespielt wird, war es oft ein Spiegel der gesellschaftlichen Veränderungen in Taiwan. Darüber hinaus war Baseball in Zeiten der politischen Isolation Taiwans ein Mittel, die Welt auf sich aufmerksam zu machen.

Anders als man vielleicht denken könnte, entstand die Begeisterung Taiwans für Baseball nicht durch den US-amerikanischen Einfluss nach dem zweiten Weltkrieg, sondern während der japanischen Kolonialzeit. Zwar wurde Baseball 1872 durch einen Amerikaner - der Englischlehrer Horace Wilson - nach Japan gebracht, doch schnell entwickelte sich Baseball zum Sport des japanischen Kaiserreiches, weshalb es seinen Weg 1897 auch nach Taiwan fand. Obwohl Baseball in Taiwan anfänglich japanischen Bankern, Ingenieuren und anderen Kolonisten vorbehalten wurde, entwickelte sich der Ballsport während der Kolonialisierung Taiwans zu einem Ausdruck des

japanischen Geistes, den auch die Taiwaner und Taiwanerinnen lernen sollten. Tatsächlich wurde Sport in Taiwan Teil des japanischen "Zivilisierungs-
prozesses" im Rahmen der Bemühungen der japanischen Kolonisten die
Überlegenheit Japans zu demonstrieren.

Zunächst war Baseball in Taiwan eine reine Freizeitbeschäftigung, die
nur aus einer primitiven Form aus Pitchen und Schlagen bestand. Damals
gab es also weder vollständige Ausrüstungen noch offensive und defensive
Aufstellungen. Erst 1906 kam es zu dem ersten organisierten Spiel und zwar
zwischen den Teams der „The 4th Affiliated Mandarin School with Middle
Sector" in Taipeh (heute bekannt als „Jianguo High School" 建國高中) und
der „Governor-General's Taihoku Teacher's College" in Taipeh (i.e. die heutige „National Taipeh University of Education" 國立臺北教育大學). Dieses
erste offizielle Baseballspiel in der Geschichte Taiwans ging mit einem Un-
entschieden aus. In der Folgezeit organisierten Schulen und Universitäten
in ganz Taiwan nach und nach ihre eigenen Baseball-Teams, vorangetrieben
von der Vorstellung, dass Baseball eine weitere Aktivität sei, die die Integra-
tion des japanischen Empires vorantreiben würde. Nach Taipeh war Tainan
die zweite Region in Taiwan, in der Baseball aufkam, 1914 folgte Taichung.
Durch die steigende Zahl der Mannschaften und der Spiele in den verschiedenen Regionen nahmen auch die Streitigkeiten zu, da es an einem einheitli-
chen System fehlte. Im Jahre 1914 trafen sich Vertreter aus Taipeh und grün-
deten die „Nördliche Baseball-Liga", Taiwans erste Baseball-Organisation.
Im Vergleich zum Westen Taiwans entwickelte sich der Baseballs in der öst-
lichen Region relativ spät. Erst 1917 gab es das erste Team Osttaiwans.

Baseball in Taiwan entwickelte sich in den ersten 20 Jahren seiner Einführung zwar relativ schnell, aber die Teilnehmer waren nur japanische Ko-

lonisten. Taiwaner*innen hingegen nahmen erst relativ spät an Wettkämpfen teil. Laut dem Buch „Taiwan Wildball History" stammte die früheste dokumentarische Aufzeichnung von taiwanischen Baseball-Spielern aus dem Jahr 1919. Dabei handelte es sich um zwei Spieler namens Li und Lin von der „Taihoku Imperial University School of Medicine" (heutige National Taiwan University School of Medicine). Als die Einheimischen Taiwans dann erst einmal begannen, Baseball zu spielen, verbreitete sich der Sport über die ganze Insel. Es begann zunächst im osttaiwanischen Hualien. Im Jahre 1921 gründete Lin Guixing, ein Baseball-Enthusiast, mit einheimischen, überwiegend indigene Jugendlichen das „Takasago Baseball Team". Dieses Team trat gegen lokale japanische Teams an und wurde aufgrund seiner Erfolge allmählich immer berühmter. Nach dem 3.262 m hohen Nenggao-Berg (能 高 山) wurde das Team 1923 in das „Nenggao Team" umbenannt. Im September 1924 unternahm das Nenggao Team eine Spiele-Tour in den Westen Taiwans. Sie spielten gegen lokale Mannschaften in Keelung, Taipeh, Hsinchu, Taichung, Tainan, Kaohsiung und Pingtung. Jedes Spiel lockte viele Zuschauer an und die Spieler demonstrierten ihr einzigartiges, explosives Können auf dem Feld und beeindruckten damit die Zuschauer. Da die Tour äußerst erfolgreich war, arrangierte die Regierung im Juli des folgenden Jahres eine Reise nach Japan. Während des zweimonatigen Aufenthalts in Japan trat das Nenggao Team gegen lokale Universitäten an. Die Gesamtbilanz war zwar nicht besonders herausragend, aber es zeigte, dass Taiwaner auch beim Baseball mit den Japanern auf Augenhöhe stehen konnten.

Als sich Japan nach dem Zweiten Weltkrieg aus Taiwan zurückzogen und Taiwan von der Republik China übernommen wurde, hätte man erwarten können, dass die neue Regierung Baseball, wie viele Spuren der japanischen

Kolonialzeit, beseitigen würde. Doch tatsächlich hatte der Nutzen des Baseballs für die Ausbildung und Darstellung von Teamwork einen sehr großen Reiz für die Regierung. Daher entwickelte sich Baseball zu einem Teil der nationalen Kultur, wie sie von der damaligen chinesischen Regierung propagiert wurde. So entwickelte sich Baseball weiter zu einem wichtigen Teil des Lebens in Taiwan. Es gibt sogar ein taiwanisches Sprichwort, das lautet „Baseball mit vollem Magen ansehen" (吃飽看棒球). In seiner Blütezeit dominierte Taiwan die World Little League und gewann von 1969 bis 1996 insgesamt 17 Meistertitel. Am 23. Oktober 1989 wurde dann die „Chinese Professional Baseball League" unter der Leitung von Hung Teng-sheng (洪 騰 勝), dem Inhaber des Brother Hotels, gegründet. Das erste Spiel der Chinese Professional Baseball League fand dann am 17. März 1990 statt. Damit war Taiwan nach Japan und Südkorea das dritte Land in Asien, das offiziell eine professionelle Baseball-Liga einführte. Diese neue Profiliga gab der Entwicklung des Baseballs in Taiwan einen weiteren Schub. Die Behandlung der Spieler wurde verbessert und ihre Leistungen auf dem Spielfeld wurden immer besser, was das Spiel noch interessanter für die zunehmende Zahl der Zuschauer machte. Auch Medien berichteten immer mehr, was den sozialen Status der Spieler erhöhte und sie zu Objekten der Verehrung machte. Allerdings kam es u. a. in den Jahren 1996/97 und 2005 zu Skandalen aufgrund abgesprochener Spielergebnisse. Die Folgen davon waren die Schließung von Teams, diverse Gefängnisstrafen für Spieler und Funktionäre und aufgrund der Enttäuschung, die die Fans empfanden, schwand das Zuschauerinteresse an der Liga.

Doch trotz dieser Skandale hat sich die Profiliga wieder erholt und Baseball ist heutzutage immer noch eine der beliebtesten Sportarten in Taiwan.

第 3 章

Feste und Bräuche
節慶及傳統風俗

Bilder: Ilon Huang

3.1 春節

Das Frühlingsfest ist eine Gelegenheit für die Familie zusammenzukommen.

　　春節，即農曆新年，是臺灣最重要的傳統節日之一。春節的日期是依照農曆來訂定，每年不盡相同，搭配週末，年假的長短不一。如同西方的聖誕假期，過年期間最重要的就是全家團聚，工商社會，農曆新年對很多人而言是一年之中唯一能夠與所有家人相聚的時刻。在除夕夜，人們會圍爐、吃年夜飯，象徵「團圓」，而發紅包、穿新衣、貼春聯等，也都是春節重要的習俗。要注意的是，春節不是適合外國觀光客訪臺的好時機，因為人們忙著與家人團圓，許多餐廳、商家，甚至觀光景點都是不營業的！

3.1 Frühlingsfest

Das Frühlingsfest, auch „Chinesisches Neujahr" genannt, ist der wahrscheinlich wichtigste traditionelle Feiertag in Taiwan. Das "Chinesische Neujahr" beginnt am ersten Tag des ersten Monats nach dem traditionellen chinesischen Mondkalender. Da sich der Mondkalender vom weltweit überwiegend genutzten gregorianischen Kalender unterscheidet, variiert das Datum des Frühlingsfests jedes Jahr. Die Festlichkeiten können von 6 bis 15 Tage dauern. Das Frühlingsfest ist ein Familienfest, weshalb auch heute noch die Familienmitglieder von auswärts dazu zusammenkommen.

Am Abend des letzten Tages des alten Jahres genießt die Familie das Neujahrsessen zusammen. An diesem Abend aber auch zu anderen Mahlzeiten während des Frühlingsfestes kommen viele Speisen mit Symbolcharakter auf den Tisch. Fischgerichte z. B. werden gern gegessen, weil man damit die Hoffnung zum Ausdruck bringt, jedes Jahr alles mehr als genug zu haben. Die Aussprache des chinesischen Wortes für Fisch ist nämlich gleich wie die des Wortes für "Überschuß" (魚 / 餘). Oder lange Nudeln, weil diese für langes Leben stehen. Auch Ananas sind gern gesehen, denn das taiwanische Wort für Ananas klingt auch so ähnlich wie "Wohlstand". Dazu isst man auch oft chinesisches Fondue, weil das das Zusammensein der Familie symbolisiert.

Nach dem Essen bleiben viele Leute bis zum Neujahr auf, d.h. bis Mitternacht, wodurch ein langes Leben gesichert werden soll. Daher gibt es auch in Taiwan heutzutage zahlreiche Neujahrsprogramme im Fernsehen, damit die Zeit bis Mitternacht schneller vorbeigeht.

Auffällig während des Frühlingsfestes ist, wie häufig die Farbe Rot auftaucht. Es gibt rote Umschläge, rote Kleidung oder rote Neujahrsspruchbänder. Denn Rot ist die Farbe des Glücks und des Neujahrs in der chinesischen Kultur. Man glaubt auch, dass man mit der Farbe Rot negative Dinge vermeiden kann.

Eine wichtige Tradition während des Frühlingsfestes sind die sogenannten roten Umschläge. Das sind mit Geld gefüllte rote Umschläge, die von älteren Familienmitgliedern an die Kinder der Familie verteilt werden. Sobald die Kinder

Eine wichtige Tradition zum Frühlingsfest ist das Verschenken der mit Geld gefüllten roten Umschläge.

aber erwachsen sind und selbst Geld verdienen, verschenken sie wiederum rote Umschläge an ihre Eltern und Großeltern.

Als Symbol für den Anfang eines neuen Jahres trägt man oft auch neue Kleidung, wobei viele Menschen zumindest ein rotes Kleidungsstück tragen, sei es ein Hemd, eine Jacke oder sogar Unterwäsche.

Auch die meistens roten Neujahrsspruchbänder an den Haustüren sind eine wichtige Tradition zum Frühlingsfest. Meist handelt es sich um rote Papierstreifen, die in kunstvoller Kalligrafie mit Wünschen für Glück, Reichtum, Freude und langes Leben beschriftet sind. Andere Dekorationen sind zum Beispiel Blumen und Lampions für das jedes Neujahrsfest abschließende Laternenfest.

Vor dem Frühlingsfest bieten viele Geschäfte Sonderangebote an, um Kund*innen anzuziehen. Neben diesen Geschäften gibt es auch viele Märkte, auf denen spezielle Produkte zum Neujahrsfest verkauft werden, wie beispielsweise Blumen, Spielzeug, Kleidung und traditionelles Gebäck oder Süßigkeiten. Wenn man während des Frühlingsfests Familie und Freunde besucht, bringt man meistens ein Geschenk mit, oft Früchte, Gebäck oder Süßigkeiten.

Wie gesagt, ist das Frühlingsfest ein Familienfest und tatsächlich gibt es einige traditionelle Regeln, die vorgeben, welche Familienteile wann besucht werden. So verbringt man den letzten Tag des alten Jahres und den ersten Tag des neuen Jahres mit der Familie des Vaters bzw. Ehemanns. Am zweiten Tag des neuen Jahres besucht man dann die Familie der Mutter bzw. der Ehefrau. Traditionell sagt man, dass die verheirateten Töchter nicht am ersten Tag oder am Neujahrsabend zum Haus ihrer Eltern gehen sollen, weil das Pech bringt. Allerdings werden diese Regeln heutzutage nicht mehr so streng gesehen wie früher.

Das Frühlingsfest ist eine wichtige und freudige Zeit in Taiwan, aber für Tourist*innen oder Ausländer*innen, die ohne Familie in Taiwan leben, war es in der Vergangenheit eine eher langweilige Zeit. Die meisten Taiwaner und Taiwanerinnen verbringen die Zeit mit ihrer Familie. Dazu waren früher die meisten Geschäfte, Restaurants und sogar viele Touristenattraktionen geschlossen. Doch heutzutage sind tatsächlich zumindest in den großen Städten die meisten Einrichtungen geöffnet, so dass es heutzutage auch während des Frühlingsfestes viel zu tun und sehen gibt. Wer aber aus dem Ausland anreist, um seine taiwanischen Geschäftsfreunde zu treffen, sollte vorher sicherstellen, dass diese auch Zeit für ein Treffen haben.

3.2 端午節

端午節爲每年農曆五月初五，其起源於中國。戰國時期的楚國詩人屈原，因被流放不得志在農曆五月初五抱石跳汨羅江自盡，統治者爲樹立其忠君愛國的標籤，將端午作爲紀念屈原的節日。在端午節有許多習俗，例如「艾草」代表招百福，插在門口可避邪，使主人身體健康。吃粽子也是一個傳統習俗，家家戶戶都要浸糯

Die Drachenbootrennen geben dem Duanwu-Fest seinen westlichen Namen.

米、洗粽葉、包粽子。而各地粽子的口味眾多，有棗泥、豆沙、鮮肉、火腿、蛋黃等多種餡料。賽龍舟更是端午節的重要習俗之一。龍舟起源的說法之一，是古時楚國人因不忍心賢臣屈原投江死去，許多人划船追趕拯救。追至洞庭湖時，已不見其屍體的蹤跡。於是之後每年的五月五日，都以划龍舟來紀念屈原，藉划龍舟驅散江中之魚，以免魚吃掉屈原的身體。

3.2 Drachenbootfest

Das Drachenbootfest ist auch als „Duanwu Fest" bekannt. Dabei handelt es sich um ein traditionelles, wichtiges Fest in Taiwan, das jedes Jahr am 5. Tag des 5 Monats nach dem chinesischen Mondkalender stattfindet. Über die Herkunft des Festes werden heute unterschiedliche Versionen verbreitet. Darunter ist die Legende vom Dichter Qu Yuan die berühmteste. Die Geschichte reicht bis in die Zeit der Streitenden Reiche in China (5. bis 3. Jhd. v. Chr.) zurück, als der Dichter und Beamte Qu Yuan ein hohes Amt im Reich Chu innehatte. Damals sprach er sich gegen das Vorhaben des Königs aus, sich mit dem immer mächtiger gewordenen Reich Qin zu verbünden. Leider war er erfolglos und aufgrund seines Widerstands gegen das Bündnis wurde er aus dem Reich verbannt. Ein paar Jahre später wurde die Hauptstadt des Reiches Chu von Truppen aus Qin erobert (278 v. Chr.). Aus Verzweiflung darüber ertränkte sich Qu Yuan am 5. Tag des 5. Mondmonats im Fluss Miluo in der heutigen Provinz Hunan.

Man erzählt sich, dass die lokale Bevölkerung sehr traurig über Qu Yuans Tod war. Viele von ihnen paddelten mit Booten den Fluss entlang und suchten überall im Wasser nach seiner Leiche. Doch ihre Mühen waren vergebens. Um Qu Yuans Leiche zu schützen, fingen sie an, Reisklöße ins Wasser zu werfen, um die Fische zu füttern und somit von seinem Körper fernzuhalten. Auch soll ein alter Arzt Rubinschwefel-Wein in den Fluss gegossen haben, um die darin lebenden Monster zu vergiften und zu verhindern, dass sie Qu Yuans Körper fressen. Zahlreiche traditionelle Bräuche des Drachenbootfestes stammen von dieser Legende. Dazu gehören die Drachenbootrennen, die aus klebrigem Reis bestehenden, pyramidenförmigen „Zongzi" sowie das Trinken von Rubinschwefel-Wein.

Die Drachenbootrennen sind die beliebteste Aktivität zum Drachenbootfest. Der Drache wurde als Haupt-Totem gewählt, denn nach traditioneller Überlieferung sind die Han-Chines*innen die Nachfahren des Drachen. Die Drachenboote sind lange Boote mit Drachenköpfen, die nicht gerudert, sondern gepaddelt werden. Die Boote unterscheiden sich je nach Region in der Größe und die Anzahl der Mannschaftsmitglieder hängt wiederum von der Größe des Bootes ab. Bei dem Wettkampf steht ein Trommler oder eine Trommlerin im vorderen Teil des Bootes und trommelt den „Herzschlag der Mannschaft". Zwölf bis zwanzig Paddler*innen sitzen an beiden Seiten des Bootes verteilt, eine weitere Person liegt auf der Oberseite des Drachenkopfs, um die Zielflagge zu ergreifen und am Heck des Bootes befindet sich der Steuermann oder die Steuerfrau, um das Boot auf Kurs zu halten. Damit das Boot möglichst schnell vorwärts kommt, muss die ganze Mannschaft im Takt paddeln. Deswegen gilt das Drachenbootrennen auch als Zeichen des Teamgeistes. Inzwischen sind Drachenbootrennen eine internationale Sportveranstaltung, die nicht mehr nur zum Drachenbootfest stattfindet, sondern das ganze Jahr.

Eine weitere Tradition während des Drachenbootfestes sind die sogenannten „Zongzi". Laut historischer Aufzeichnungen bestehen Zongzi aus mit verschiedenen Zutaten (z. B. Fleisch,

Eine Spezialität zum Drachenbootfest sind die Zongzi.

Pilze, Erdnüsse) gefülltem Klebreis. Dieser wird dann mit Bambus- oder Muschelingwerblättern umwickelt, zu einer Art Kegel geformt und schließlich gekocht oder gedämpft. Die Geschmacksrichtungen können je nach Region variieren. Heutzutage ist diese Sitte sowohl in Taiwan, als auch in verschiedenen Regionen Chinas, Korea, Japan und ganz Südostasien verbreitet.

Mittlerweile nutzen viele Einheimische dieses Fest, um Urlaub zu machen und auf Reisen zu gehen. Daher sind viele Sehenswürdigkeiten und Attraktionen während dieser Zeit mit Menschen überfüllt. Trotzdem lohnt es sich, während des Drachenbootfestes nach Taiwan zu kommen und selbst die besonderen Sitten und Bräuche zu erleben.

3.3 蘭嶼飛魚季

Die fliegenden Fische sind ein wichtiger Teil im Leben der Tao.

　　飛魚是蘭嶼人最重要的食物，因此捕捉飛魚也是蘭嶼達悟族的傳統文化核心。蘭嶼最為重要的一段神話故事當屬「飛魚託夢」，傳說海水退潮之後，人們因為將貝、蟹、飛魚等海鮮混著煮食，而產生了很多疾病，於是魚神就托夢給一位老人，要他到一個地方去。待那位老人到了魚神指定的地點後，看到一條有著黑色翅膀的大飛魚正等著他，並告訴老人正確的食魚方法。老人回到部落後，便將正確食魚的方法傳授給族人，而其他部落的人看到了，也都來向他們學習，代代相傳之後，便形成了現在的飛魚祭典儀式。

3.3 Das Fest der fliegenden Fische auf Lanyu (Botel Tobago)

Das Fest der fliegenden Fische ist eine traditionelle Zeremonie des indigenen Volkes der Tao (ehemals Yami genannt), die auf der Orchideeninsel oder „Lanyu" vor der Südostküste Taiwans leben. Als Inselbewohner*innen leben die Tao traditionell von der Fischerei. Die fliegenden Fische sind Wanderfische, die je nach Jahreszeit rund um diese Insel zu finden sind. Jedes Jahr wandern sie von Februar bis März entlang der Meeresströmung Kuroshio (黑潮) in nördlicher Richtung in die Gewässer um Lanyu. Nach ihrer Entdeckung wurden die fliegenden Fische nicht nur eines der wichtigsten Nahrungsmittel der Tao, sondern das Leben der Tao auf Lanyu begann sich zunehmend um die fliegenden Fische zu drehen. Daraus entwickelte sich eine bis heute lebendige Kultur, die besonders auf das Meer fixiert ist.

Laut der Legende sah es zunächst jedoch nicht so aus, als ob die fliegenden Fische eine sinnvolle Nahrungsmittelquelle werden würde. Nach dem Verspeisen der fliegenden Fische entwickelten die Tao Wunden oder wurden krank. Eines Nachts erschien einem alten Mann im Traum ein schwarzer, fliegender Fisch. Dieser sagte ihm, das Volk solle die fliegenden Fische in einem extra Topf zubereiten, und nicht mehr, wie bisher, mit anderen Meeresfrüchten zusammen. Am Ende des Traums verabredete er sich mit dem alten Mann für den nächsten Tag zu einem Treffen. Während dieses Treffens erzählte der fliegende Fisch dem alten Mann von den Tabus und Ritualen, die die Tao in Zukunft beachten sollten. Nachdem der alte Mann diese Tabus und Rituale seinem Volk überliefert hatte, hatten die Tao keine Probleme mehr mit dem Verzehr der fliegenden Fische. Diese Legende soll der Ursprung des Festes der fliegenden Fische sein.

Das Fest beginnt Ende Februar und dauert bis zum Oktober. Es wird in drei Saisons aufgeteilt: „Rayon", „Teyteyka" und „Amiyan". „Rayon" ist die Zeit der fliegenden Fische im Frühling. In dieser Zeit wird das spek-

Die kanuartigen Boote sind für die Tao von Lanyu mehr als Fahrzeuge.

takuläre Ritual „Mivanwav" von den Tao abgehalten, das den Beginn der Saison der fliegenden Fische zelebriert. Verschiedene Gruppen von Fischern bringen zusammen ein großes Boot zu Wasser, mit dem sie gemeinsam fliegende Fische fangen wollen. Vor der Abreise erklärt ein Hohepriester die Tabus: Während des Fangens der fliegenden Fische darf man zum Beispiel keinen Fisch essen, der von anderen Stämmen gefangen wurde. Gefangene Fische dürfen nur innerhalb des eigenen Stammes weitergegeben werden. Danach schlachten die Männer Tiere, tauchen ihre Finger in deren Blut und gehen unter der Leitung des Hohenpriesters und der Mitglieder des Fischerteams zu einem Steinhaufen am Strand und berühren mit ihren blutigen Fingern die Steine am Strand, um für eine gute Ernte, Frieden und Gesundheit auf See zu beten.

Während der „Rayon" kann man viele fliegende Fische verzehren. Außerdem werden die Fische getrocknet, sodass sie als Vorrat während der „Teyteyka" (die Zeit der fliegenden Fische endet, normalerweise im Sommer oder Herbst) reichen.

Nach dem Verzehr all der fliegenden Fische beginnt die „Amiyan". Die Tao dürfen ab diesem Zeitpunkt keine fliegenden Fische mehr essen und müssen auf andere Fischarten umsteigen, bis die „Rayon" wieder beginnt. Dies zeigt nicht nur den Respekt, den der Stamm der Natur entgegenbringt, sondern ermöglicht auch nachhaltig die Koexistenz des Stammes und der fliegenden Fische.

Die Kulturen der indigenen Völker Taiwans bilden einen ausgesprochen interessanten Teil des reichen Kulturschatzes der Insel. Wenn man nach Taiwan kommt, sollte man an einem solchen Fest teilzunehmen, um Taiwan aus einem ganz anderen Blickwinkel zu sehen.

3.4 媽祖誕辰遶境

Eine der bekanntesten Prozessionen für die Göttin Mazu ist die des Jenn Lann Tempes im mitteltaiwanischen Dajia, Taichung. (Bild: Ilon Huang)

「媽祖」是臺灣重要的民間信仰神祇。媽祖本姓「林」，傳說「出生時不啼哭」，因而取名為「默」。媽祖被奉為「海上女神」，一開始僅為福建沿海地帶漁民的守護神，爾後在明末清初，漢人大量移民來臺，為感念媽祖庇佑平安渡過黑水溝（臺灣海峽），才逐漸成為臺灣人心目中的海神。

農曆三月二十三日是媽祖誕辰，因此每年三月前後的媽祖遶境活動，是臺灣民間信仰中備受注目的活動，除了被文化部列為「中華民國無形文化資產民俗類」重要民俗。也被 Discovery 列為「世界三大宗教盛事」之一。其中最為人所知的為「白沙屯媽祖」和「大甲媽祖」遶境。

3.4 Prozessionen zum Geburtstag der Meeresgöttin Mazu

Jedes Jahr nehmen hunderttausende Gläubige an einer mehrere Tage dauernden Wallfahrt zum Geburtstag der Göttin Mazu teil. Männer, Frauen, jung und alt, reich und arm zünden Räucherstäbchen an und wandern insgesamt bis zu etwa 340 Kilometer. Die Mazu-Prozession wird vom Discovery Channel als eine der drei größten religiösen Aktivitäten der Welt anerkannt, zusammen mit der Weihnachtsmesse im Vatikan und der Hadsch. Außerdem hat die UNESCO den Glauben und die Bräuche der Matsu in die Repräsentative Liste des Immateriellen Kulturerbes der Menschheit aufgenommen. Sie lockt jedes Jahr schätzungsweise eine Million Menschen aus dem In- und Ausland an.

Mazu wird als „Göttin des Meers" und „Kaiserin des Himmels" bezeichnet. Mazu ist die vergöttlichte Form der legendären Figur Lin Mo (林 默) oder Lin Moniang (林默娘) aus der Song-Dynastie. Sie wurde auf der Insel Meizhou in der Provinz Fujian unter dem Namen Lin Mo (林 默) geboren wurde. Man sagt, sie habe als Baby nie geweint, deshalb wurde sie die stille Jungfrau (默娘) genannt. Über sie ranken sich zahlreiche Legenden. So soll sie zum Beispiel in jungen Jahren durch einen Traum ihren Vater und ihre Brüder vor dem Ertrinken bewahrt haben. Andere Legenden erzählen auch davon wie sie von Schamanen magische Künste gelernt hat und von ihrer Reinkarnation durch Guan-Yin (Bodhisattva). Außerdem soll sie die Fähigkeit gehabt haben, das Wetter vorherzusagen. Vor einem Fischzug soll sie einmal etliche Fischer vor einem Unwetter gewarnt haben. Einige, die ihre Warnung außer Acht ließen und den Sturm überlebten, wurden danach zu ihren Anhängern. Diese und andere derartige Legenden haben dazu geführt, dass Mazu traditionell vor allem von Seeleuten und Fischern verehrt wurde. Aber alle, die sie verehren, sind sich einig, dass sie Armen und Schwachen geholfen hat. Im Alter von 28 Jahren soll sie als Jungfrau gestorben, oder wie eine andere Legende erzählt, von einem Berg aus als Göttin in den Himmel aufgestiegen sein.

In der Zeit um Mazus Geburtstag, den 23. Tag des dritten Monats nach dem Mondkalender, feiern hunderte von Mazu Tempeln in Taiwan mit prächtigen Ritualen und verschiedenen volkstümlichen Aufführungen ihren Geburtstag. Unter diesen Veranstaltungen sind die Dajia Pilgerfahrt und die Baishatun-Pilgerfahrt die zwei größten Feierlichkeiten.

Die Geschichte der Mazu-Pilgerfahrt in Dajia reicht bis ins Jahr 1730 zurück. In diesem Jahr wanderte Lin Yongxing mit seiner Familie aus der chinesischen Provinz Fujian nach Taiwan aus und ließ sich im heutigen Bezirk Dajia von Taichung nieder. Die Familie brachte die Nachbildung einer Mazu Statue aus dem Chaotian Tempel in Meizhou mit und stellte sie in ihrem eigenen Haus auf einen Altar. Später wurde die Statue an ihren heutigen Standort verlegt und dort ein Tempel gebaut. Nach der chinesischen Volksreligion müssen die Nachbildungen einer Gottheit in regelmäßigen Abständen ihr "Original" besuchen, um diesem Respekt zu erweisen und ihre spirituelle Energie zu erneuern. Anfänglich pilgerten daher Anbeter alle zwölf Jahre mit der Statue nach Meizhou. Während der japanischen Herrschaft wurde der Daan Hafen, von wo aus die Pilger*innen nach Meizhou reisten, jedoch geschlossen, wodurch die Verbindung zwischen Taiwan und Fujian unterbrochen wurde. Um die Tradition aufrechtzuerhalten, pilgerten die Pilger*innen daraufhin zum Chaotian Tempel von Beigang. Im Jahr 1988 wurde das Ziel erneut geändert. Nun war der Fengtian Tempel in Xingang das Ziel. Im Laufe der Zeit wurde die Dauer der Pilgerreise allmählich länger. Dauerte sie ursprünglich vier Tage und drei Nächte, geht sie heutzutage über neun Tage und acht Nächte. Heute hält die Pilgerreise an fast hundert Tempeln in einundzwanzig Townships und Bezirken in Taichung, Changhua, Yunlin und Chiayi. Die Gesamtlänge der Rundreise beträgt rund 340 Kilometer.

Baishatun wurde ursprünglich von den Siedlern, die sich Mitte des 18. Jahrhunderts dort niederließen, Baishadun (weißer Sandhaufen) genannt. Eine Mazu Statue, die die Siedler mitgebracht hatten, wurde anfänglich im Dorf aufbewahrt, um dem ganzen Dorf Schutz zu gewähren. Mitte des 19. Jahrhunderts begannen die Dorfbewohner, Spenden für den Bau eines Tempels zu sammeln, der im Jahr 1863 fertiggestellt wurde. Die Baishatun Mazu-Pilgerfahrt begann aber schon lange vor dem Bau des Tempels und hat eine Geschichte von mehr als zweihundert Jahren. Der Entfernung nach gilt sie als Taiwans längste Pilgerfahrt, die zu Fuß durchgeführt wird. Sie beginnt im Baishatun Gongtian Tempel in Tongsiao, Miaoli, schlängelt sich durch Taichung, Changhua und Yunlin

Zu den Prozessionen gehören auch viele traditionelle Aufführungen, wie hier ein Drachentanz. (Bild: Ilon Huang)

und hält schließlich am Chaotian Tempel von Beigang, ehe es dann auf die Rückreise geht. Die Rundreise beträgt insgesamt rund vierhundert Kilometer. Der größte Unterschied zwischen der Baishatun Mazu-Pilgerfahrt und anderen Pilgerfahrten ist ihre Unvorhersehbarkeit. Jedes Jahr ändern sich die Route, die Zeitdauer und die Auswahl der Haltestellen. Die Route der Reise wird beispielsweise durch die Art und Weise bestimmt, in der sich Mazus Sänfte bewegt oder kippt. Insbesondere an größeren Kreuzungen macht die Sänfte häufig plötzliche Bewegungen, die als Richtungsangaben interpretiert werden, wodurch die Prozession dann über große Brücken oder kleine Fußwege führen könnten.

Auf dem Pilgerweg stellen Anbeter*innen der Göttin Mazu Weihrauchbrenner auf, um die Prozession zu begrüßen. Manchmal führen die Sänftenträger die Sänfte über die Körper kniender Gläubige, da angenommen wird, dass dies den Segen von Mazu bringt. Anwohner und Ladenbesitzer an den Pilgerfahrtsrouten sind oft sehr gastfreundlich und bieten den Andächtigen kostenlose Getränke und Snacks.

Die Mazu-Pilgerfahrten sind zweifellos die einzigartigsten Pilgerreisen des Landes. Die Prozession, Rituale und volkstümliche Aufführungen spiegeln die unberührte Anmut dieses Volksbrauchs wider.

3.5 鬼月

中元節

鬼門敝開 生人勿近

七月 初十五

Während des Geistermonats besuchen die Verstorbenen die Lebenden.

農曆七月鬼門開，所以在臺灣一般稱之為「鬼月」。其中農曆七月十五日的「中元節」，源自於道教，結合了佛教的盂蘭盆節與儒家孝親祭祖的觀念，演變成現今的中元普渡祭祀活動，是臺灣民間信仰和傳統習俗上重要的文化。

由於祭拜祖先的觀念深植於臺灣人民心中，且許多人相信死亡不是結束，祖先們與鬼魂會在農曆七月時再次造訪人世間。所以人們在普渡時會準備豐盛的供品，並燒紙錢和紙房子，除了孝敬與思念祖先之外，也希望讓其他鬼魂們滿意，而不去打擾陽世間的人。此外，鬼月期間有許多禁忌，例如不婚嫁、不祝壽、避免出門旅遊或搭乘末班車等，以避免將孤魂野鬼招致家中。許多禁忌雖為迷信，但許多人仍抱持著寧可信其有、不可信其無的態度。

3.5 Monat der Geister (Geisterfest)

Der Geistermonat ist sehr bedeutend in Taiwan, weil die Menschen sehr viel Wert auf die Ehrung ihrer Vorfahren legen und auch der Geistermonat ist ein Beispiel dafür, wie tief die Ahnenverehrung im Brauchtum der Taiwaner*innen verankert ist. Der Geistermonat fällt auf den siebten Monat des chinesischen Mondkalenders, d.h. zwischen August und September nach dem gregorianischen Kalender. Im Unterschied zum Qingming-Fest (s. nächsten Abschnitt) und zum Doppel-Neun Fest (im Herbst), bei denen die lebenden Nachkommen ihren verstorbenen Vorfahren huldigen, besuchen während des Geistermonats die Verstorbenen die Lebenden. Am ersten Tag des Monats wird die Tür der Unterwelt geöffnet, und die Geister können einen Monat lang in der Welt der Lebenden bleiben und es sich gut gehen lassen. Der Geistermonat und das Geisterfest sind ein sehr wichtiger Teil von Taiwans traditionellen Bräuchen. Anhänger des Buddhismus und des Taoismus glauben, dass der Tod nicht das Ende ist, sondern dass man nach dem Tod auf andere Art im Jenseits weiterlebt. Die Geister und unsere Vorfahren können während des Geistermonats die irdische Welt besuchen.

Am 15. Tag des Geistermonats finden große Opferfeste, auf Chinesisch als „Zhongyuan Pudu" (中元普渡) bekannt, in den Tempeln des ganzen Landes statt. Man bereitet viele Opfergaben vor, wie zum Beispiel Früchte und die „drei Tiere" (三牲). Darunter versteht man Schweinefleischstücke mit Haut, ein ganzes Huhn und einen ganzen Fisch. Man verbrennt auch Papier-

geld für die Geister, damit diese im Jenseits ein gutes Leben mit ausreichenden Mitteln führen können. Darüber hinaus setzt man Lampions in der Form
von Häusern auf das Wasser und verbrennt sie. Das Ziel des Geisterfests ist es, die Geister zu bewirten und zu befriedigen, so dass sie niemanden belästigen oder sogar jemanden ins Reich der Toten holen.

Zum Geisterfest bringen auch die Unternehmen und Organisationen im Taipei 101 Opfergaben dar. (Bild: Ilon Huang)

Das Geisterfest ist eine Fusion aus Daoismus, Buddhismus und Konfuzius. So ist der 15. Tag des siebten Monats der Geburtstag des daoistischen
Erdgottes, und an diesem Tag werden die Sünden der Verstorbenen vergeben
und allen Toten geopfert. Auch das Ullambana-Fest (盂 蘭 盆 節) des Buddhismus findet an diesem Tag statt. Es ist dann Brauch, den Mönchen Opfer
darzubringen. Seit dem Kaiser Wu der Liang-Dynastie (梁 武 帝), der den
Buddhismus befürwortete, gewann das Ullambana-Fest an Bedeutung. Die
Menschen kombinierten auch das konfuzianische Konzept der kindlichen
Pietät und den Ahnenkult und so entwickelte sich ein Geisterfest, bestehend
aus Elementen des Daoismus, Buddhismus und Konfuzius, das seit der
Song-Dynastie immer populärer wurde.

Viele Bräuche zum Geistermonat in Taiwan haben ihre Wurzeln im kon-
fliktreichen Hintergrund der Einwanderungsgesellschaft Taiwans zusammen.
Zu Zeiten der früheren Migration kam es zu vielen Auseinandersetzungen

und Kämpfen zwischen den Zugewanderten aus Quanzhou und solchen Zhangzhou, bei den Konflikten zwischen den indigenen Völkern und den Han-Chines*innen oder bei den Widerständen gegen die Holländer, die Qing-Dynastie und Japan. Daher gibt es zahlreiche Tempel, die für die wandernden Seelen gegründet wurden. Um Letztere zu besänftigen, begann man während der späten Qing-Dynastie das Darbieten von Opfergaben für die Verstorbenen.

Während des Geistermonats gibt es gewisse Regeln und Tabus, die man beachten sollte und die den Taiwanern und Taiwanerinnen seit ihrer Kindheit immer wieder erklärt werden. Die bekanntesten Tabus sind, dass man während des Geistermonats nicht heiraten, keine Geburtstage feiern und nicht umziehen darf. Viele Leute haben Angst davor, dass sie bei solchen festlichen Anlässen die wandernden Seelen in ihr Haus bringen. Außerdem vermeiden es die Leute zu reisen, da es zu dieser Zeit zu mehr Unfällen kommen soll. Weiterhin sollte man am späten Abend nicht mit dem Bus fahren, denn zwischen 23 und 1 Uhr herrscht negative Energie, die bewirkt, dass Geister nach Hause gebracht werden.

Auch bei den Opfergaben gibt es einiges zu beachten. Gerade bei den Obstsorten muss man aufpassen. So sollte man Ananas vermeiden, weil ihre Bezeichnung so klingt, als ob zahlreiche Geister kommen würden. Bananen, Pflaumen und Birnen sollten auch vermieden werden, weil die drei Früchte auf Taiwanisch wie „einladen" klingen. Darüber hinaus ist es verboten, Speisen, die als Opfergaben gedacht sind, vor der Opferzeremonie zu essen, denn sie sind als Nahrung für die Geister gedacht. Wenn man ohne ihre Zustimmung das Essen isst, würde dies Unglück bringen. Nach der Opferzeremonie kann man sie jedoch gefahrlos essen. Ein weiteres Tabu des Geisterfestes ist auch das Wort „Geist" zu sagen. Insgesamt sollte man im Geistermonat mit seinen Worten und Taten vorsichtig sein, um die Geister nicht zu beleidigen. Auch heute halten sich viele Leute vorsichtshalber an diese Tabus und Regeln, um Unglück zu vermeiden.

3.6 清明節

　　「清明」是一年二十四個節氣中的第五個,日期落在每年國曆的 4 月 4 日或 5 日,時常會和「寒食節」一起過。「寒食節」源自於春秋戰國時期的晉文公重耳受奸臣陷害,在大臣介子推的保護下,流亡國外的傳說;清明掃墓祭祖,則是表達懷念先祖的傳統習俗。在掃墓時,人們會將三色或五色墓紙以二、三張作一疊,用小石頭或磚塊分壓在墳上墓頭、墓碑及墓旁,表示這個墳有後嗣祭奠。而清明前後往往細雨飄飄,此時春色如畫,十分適合踏青春遊,唐代詩人杜牧的《清明》便是生動的寫照:

清明時節雨紛紛,
路上行人欲斷魂。
借問酒家何處有?
牧童遙指杏花村。

Zum Qingming Fest wird der verstorbenen Ahnen gedacht.

3.6 Ahnengedenkfest oder Qingming Fest

Während des Qingming-Festes nieselt es endlos,

Reisende entlang der Straße sehen düster und elend aus.

Wo kann ich eine Taverne finden, frage ich einen Hirtenjungen.

Er zeigt auf einen entfernten Weiler inmitten von Aprikosenblüten.

Dieses Gedicht von Du Mu (杜牧) bringt das Gefühl während des Ahnengedenkfests deutlich zum Ausdruck. Der Frühsommerregen und die Sehnsucht nach den Verstorbenen. Das Ahnengedenk- oder Qingming-Fest ist mit dem Chinesischen Neujahr, dem Drachenbootfest und dem Mondfest eines der vier wichtigsten Feste in Taiwan. An diesem Tag wird der Ahnen gedacht. Dabei ranken sich auch um den Ursprung dieses Feiertages viele Legenden, wobei zwei Feiertage zu einem verschmolzen wurden: Das Fest der kalten Speisen (寒食節) und das Qingming Fest (清明節)

Im Staat Jin während der Zeit der Frühlings- und Herbstannalen führte ein Putsch dazu, dass der Prinz Chong-er (重耳) ins Exil verbannt wurde. Laut einer Legende verirrten sich Chong-er und seine Begleiter eines Tages in den Bergen und hatten mehrere Tage lang kein Essen. Ein enger Vertrauter und Berater des Prinzen, Jie Zhitui (介之推), schnitt sich daraufhin ein Stück seines Oberschenkel heraus und kochte es, um den Hunger des Prinzen zu stillen. Das berührte den Prinzen sehr. Nach 19 Jahren im Exil kehrte

Chong-er schließlich in seine Heimat zurück und bestieg den Thron als Fürst Wen von Jin (晉文公). Er belohnte alle seine loyalen Gefolgsleute, doch Jie Zhitui lehnte bescheiden jede Belohnung ab und zog sich mit seiner Mutter in die Berge zurück. Um ihn zu bewegen, wieder an den Hof zu kommen, wurde der Plan geschmiedet, den Berg, auf dem sich Jie zurückgezogen hatte, in Brand zu setzen, weil man glaubte, dass Jie dann bestimmt mit seiner Mutter herauskommen würde. Tragischerweise kamen er und seine Mutter aber nicht heraus. Nachdem das Feuer wieder gelöscht worden war, wurden die beiden verbrannt unter einem Weidenbaum gefunden. Um Jie Zhitui zu gedenken, befahl Fürst Wen von Jin, den Berg in Jieshan umzubenennen. Außerdem ordnete der Fürst an, dass jedes Jahr um diese Zeit, kein Feuer gemacht und nur kalte Speisen verspeist werden sollten. Und er nannte diese Zeit das Fest der kalten Speisen (寒食節). Dieses lag zufällig vor dem Qing-ming Fest und im Laufe der Zeit verschmolzen diese beiden Feiertage zu einem Feiertag und der Brauch, kalte Speisen zu essen, wurde zum Teil des Ahnengedenkfestes.

Beim Ahnengedenkfest gibt es außer dem Essen von kalten Speisen, noch viele unterschiedliche Bräuche, die je nach Region variieren. Darunter ist die Grabpflege wahrscheinlich die bekannteste. Die dazugehörige Legende reicht bis zum Anfang der Han-Dynastie zurück, als Liu Bang (劉邦), der erste Kaiser der Han-Dynastie, das damalige chinesische Reich nach vielen Kämpfen unter seine Kontrolle gebracht hatte. Er kehrte glücklich in seine Heimatstadt zurück und wollte die Gräber seiner Eltern ehren. Allerdings waren die Gräber wegen jahrelanger Kriege nicht gepflegt worden und als Folge mit Unkraut bedeckt. Dazu waren einige Grabsteine zerbrochen, sodass man die Grabinschrift nur schwer entziffern konnte. Obwohl seine

Untergebenen ihm halfen, alle Grabsteine zu überprüfen, konnte er die Gräber seiner Eltern bis zur Abenddämmerung nicht finden. Schließlich nahm
Liu Bang ein Stück Papier aus seinem Ärmel, riss es in viele kleine Stücke
und hielt die Schnipsel fest in seinen Händen. Dann betete er: „Mein Vater
und meine Mutter im Himmel, jetzt weht der Wind so stark und ich werde
diese kleinen Papierstücke in die Luft werfen. Wenn die Stücke auf eine
Stelle fallen und nicht vom Wind bewegt werden können, dann sind hier die
Gräber meiner Eltern." Danach warf Liu Bang die Schnipsel in die Luft. Wie
erhofft, fiel ein Stück Papier auf ein Grab und wurde nicht weggeblasen,
egal wie stark der Wind wehte. Liu Bang rannte hinüber, sah sich die ver-
schwommene Inschrift genauer an und fand die Namen seiner Eltern darauf.
Von da an besuchte er jedes Jahr beim Ahnengedenkfest die Gräber seiner
Eltern.

Heutzutage gehen Leute immer noch jedes Jahr zu den Gräbern ihrer Vorfahren. Man fegt die Gräber, entfernt das Unkraut, legt Nahrungsmittel, Blumen und Gegenstände, die den Verstorbenen gefielen, auf die Gräber. Auch
zündet man Weihrauch-
stäbchen an und ver-
brennt Totengeld. Zum
Schluss drückt man ein
paar Zettel mit kleinen
Erdbröckchen auf das
Grab, die darauf hinwei-
sen, dass das Grab von
den Nachkommen gefegt
wurde.

Um den verstorbenen Ahnen ein gutes Leben in der Nachwelt zu
gewährleisten, wird u.a. auch Opfergeld verbrannt.

Ein anderer Brauch erinnert an Ostern. Viele Taiwaner*innen stellen sich zu Hause Weidenzweige auf. Und in früheren Zeiten soll man sogar Weidenhüte gewebt und auf dem Kopf getragen haben. Weidenzweige sollen das Böse abwehren. Hierzu gibt es ein Sprichwort: "Wenn man beim Qingming keine Weiden trägt, wird man nach dem Tod zu einem gelben Hund."

Doch an diesem Tag gedenkt man der Verstorbenen, andererseits kündigt das Ahnengedenkfest die Rückkehr des Frühlings an. Jetzt steigen auch langsam die Temperaturen, d. h. es ist auch eine perfekte Zeit für Ausflüge.

3.7 婚嫁習俗

在所有傳統古禮中，婚禮最受重視。古人對婚姻如此重視的主要原因是為了傳宗接代，讓自己的家族人丁興旺，所以傳統中式婚禮規矩眾多、十分講究，其中無一不反映了人們希望借助一切力量，保佑婚禮能順利舉行，同時藉其祝福新人及其家族的良好祈願。雖然許多傳

Bei der Hochzeit gibt es eine Vielzahl von Traditionen und Gebräuchen zu beachten.

統現今看來多顯迷信，但是其中積澱了幾千年來發展的文化，對於當代正確的婚姻道德價值觀也仍有正面意義。如夫妻忠誠、相濡以沫、白頭偕老等等觀念，均起到了規範婚姻道德價值觀的作用，體現出了對婚姻負責任的態度。

3.7 Hochzeitsbräuche

Unter allen traditionellen Ritualen ist die Hochzeit in Taiwan vielleicht die wichtigste und auch komplizierteste Zeremonie. In der taiwanischen Kultur wird der Heirat so viel Aufmerksamkeit geschenkt, weil der Familienstammbaum dadurch weitergeführt werden soll und es daher um das Wohl der gesamten Familie geht. Deshalb sind traditionelle Hochzeiten sehr speziell und haben viele Regeln, die auf alte Sitten und Bräuche zurückzuführen sind. Allerdings können diese Regeln oft in den Details je nach Familie variieren. In den frühen Zeiten, als man sich vieles noch nicht wissenschaftlich erklären konnte, schob man Probleme oft auf Dämonen und Geister. Auf der anderen Seite verehrte man die Götter und bat diese vor allem darum, dass die wichtigsten Ereignisse im Leben reibungslos ablaufen. So entwickelten sich viele Bräuche, mit deren Hilfe man die Götter, das Schicksal und die Zukunft günstig stimmen wollte. So auch für die Hochzeit. Die Menschen glaubten, dass die Hochzeit der bedeutendste, schönste, glücklichste und großartigste Moment im Leben sei. Die oft komplizierten Hochzeitsbräuche spiegeln in der Tat die Mühe wider, die man sich gab, um die Hochzeit zu segnen und sie reibungslos zu vollziehen. Diese Bräuche bedeuten zum Teil aber auch gute Wünsche für das Ehepaar und dessen Familien. Die folgenden Bräuche sind nur einige Beispiele. Darüber hinaus gibt es noch viele sehr variantenreiche Bräuche, bevor es zu der eigentlichen Hochzeit kommt.

Der tränenreichste Moment auf einer Hochzeit ist wahrscheinlich der Abschied der Braut von ihren Eltern, der einen bedeutsamen Teil der ganzen Zeremonie darstellt. Dazu begibt sich Bräutigam zum Haus seiner zukünfti-

gen Frau, um sie abzu-
holen. Bevor das Paar
Abschied von den El-
tern der Braut nimmt,
kniet es sich vor den
Eltern nieder, um sich
für die gute Erziehung
der Braut zu bedanken.
Damit „verlässt" die
Braut ihre ursprüngli-

Die Gebräuche und Traditionen können aber von Familie zu Familie variieren.

che Familie, wo sie seit ihrer Kindheit gut aufgehoben war, und wird nun in
die Familie des Bräutigams „eingeheiratet".

Nachdem sich die Braut von ihren Eltern verabschiedet hat, wird sie von
einer Heiratsvermittlerin, die schon dabei war, als der Mann offiziell um die
Hand der Frau angehalten hat, zum Auto des Mannes eskortiert. Dabei hält
die Heiratsvermittlerin ein Getreidesieb in der Hand und das Auto ist oft
mit Bambus und Zuckerrohr geschmückt, manchmal auch mit einem Stück
Schweinefleisch. Während sie ins Auto steigt, werden der Braut zwei Fächer
in die Hand gedrückt. Den einen, der ihre negativen Eigenschaften symbolisieren soll, wirft sie aus dem Auto, was bedeutet, dass diese Eigenschaften
im Geburtshaus zurückgelassen werden. Den anderen, der ihre Tugenden
repräsentiert, nimmt sie mit in die neue Familie. Bei der Abfahrt schüttet die
Mutter der Braut einen Eimer Wasser vor der Haustür aus. Dies entspricht
dem chinesischen Sprichwort „Eine verheiratete Tochter ist wie verschüt-
tetes Wasser", das von vielen als negativ aufgefasst wird. Tatsächlich soll
dieser Brauch etwas Hoffnungsvolles symbolisieren: Je höher und weiter

das Wasser spritzt, desto enger ist die Beziehung zwischen der Braut und ihrer Geburtsfamilie, und die Ehe wird gut und harmonisch. Aber auch Einflüsse der japanischen Kolonialzeit sind bei den Ritualen festzustellen. Z. B. wenn die Braut bei ihrer Ankunft am Haus des Bräutigams mit einem roten Ölpapierschirm verdeckt wird, um Unglück abzuwehren. Dieser Brauch verschmilzt sich aber auch mit der Tradition der Hakka, die in Taiwan für ihre Ölpapierschirmproduktion berühmt sind.

Ein weiteres wichtiges Ritual ist das Trinken von „cross-cupped wine". Dieser Brauch hat seinen Ursprung angeblich in der Qin-Dynastie (3. Jhd. v. Chr.) und entwickelte in verschiedenen Regionen zahlreiche Varianten. Eine gängige Art sieht wie folgt aus: Die Braut und der Bräutigam halten jeweils eine Schale Wein in einer Hand und haken sich mit den das Gefäß haltenden Armen unter. Dann trinken beide gleichzeitig aus eigener Schale. Dies soll symbolisieren, dass der Mann und die Frau sich zu einem Ganzen vereinen und dass die beiden für die Familie von gleicher Bedeutung sind, und nicht zuletzt, dass sie nach der Heirat ein harmonisches Zusammenleben führen, wobei sie Glück und Leid zeitlebens unter sich aufteilen sollen.

Bei dem Haus des Bräutigams angekommen, soll die Braut zuerst eine Dachfliese zertreten und dann über einen tragbaren Kohleofen schreiten, bevor das Hochzeitspaar zusammen durch die Haustür geht. Die Dachfliese symbolisiert etwas Böses, das dadurch vermieden werden soll. Mit der zerbrochenen Fliese, die aber auch weibliche Nachkommen konnotiert, wird gehofft, dass das Hochzeitspaar bald einen Sohn bekommt, weil früher in der landwirtschaftlichen Gesellschaft männliche Nachkommen mehr geschätzt wurden. Insgesamt bedeutet dieser Vorgang, dass eine neue Lebensphase damit beginnt. Die glühenden Kohlen im Ofen stellen wiederum allegorisch das blühende Leben der Neuvermählten in Zukunft dar, was sich sowohl auf den Nachwuchs als auch die Karriere bezieht.

Obwohl viele Bräuche von traditionellen Hochzeiten heutzutage in Taiwan als abergläubisch angesehen werden, spielen die Rituale und Handlungsmuster, die sich seit über dreitausenden Jahren in China und dann in Taiwan entwickelt haben, weiterhin eine wichtige Rolle. Allerdings werden bei vielen Hochzeiten heutzutage westliche Traditionen integriert und manche jungen Paare, insbesondere wenn sie aus der Stadt kommen, verzichten auf die umfangreichen traditionellen Rituale.

3.8 喪葬禮儀

　　臺灣的喪葬文化是各種生命禮俗中最為繁複的一項，也是十分重要的民俗文化，此文化深受儒、釋、道三者的影響。臺灣的漢人族群主要從中國閩粵一帶遷移來臺，而他們同時也引進故鄉傳統的喪葬禮俗，從清領時期演變至今，成為臺灣特有的喪葬文化。臺灣社會一向注重人的出生與死亡，因此人們會舉辦隆重的儀式來幫助往生者安息，以及陪伴家屬面對生命的消逝。現今臺灣社會都市化程度高，儀式也因此趨於簡化，但仍保有許多傳統上的流程或習俗，我們也能由此觀察到城鄉之間處理喪葬禮儀的差異。現在也越來越多人傾向委託生命禮儀公司，協助往生者家屬處理複雜的喪葬事宜。

Auch bei der Bestattung werden traditionell viele Opfergaben dargebracht.

3.8 Totenbräuche

In der chinesischen Kultur wurde der Geburt und dem Tod eines Menschen schon immer große Bedeutung beigemessen. In jedem wichtigen Lebensabschnitt werden daher Zeremonien abgehalten, um den Wechsel der Identität zu markieren.

Die ethnischen Han-Chines*innen, die vor der japanischen Kolonialzeit nach Taiwan eingewandert sind, stammen vorwiegend aus den chinesischen Provinzen Fujian und Guangdong und haben daher auch die traditionellen Bestattungsriten und -zeremonien dieser Regionen nach Taiwan eingeführt. Von der Ming- und Qing-Dynastie über die japanische Herrschaft bis in die heutige Zeit haben sich diese altertümliche Totenbräuche erhalten. Die traditionelle Beerdigung hat sich nicht nur als Zeremonie, sondern auch als Teil einer Volkskultur entwickelt. Diese Kultur ist je nach Region u. a. stark vom Buddhismus, Taoismus und Konfuzianismus beeinflusst. Hinzu kommen viele Bräuche und Tabus, die hier vor Ort entstanden sind.

Heutzutage ist die taiwanische Gesellschaft stark urbanisiert, wodurch die Beerdigungszeremonien tendenziell vereinfacht werden. Jedoch sind viele traditionelle Abläufe bzw. Bräuche noch erhalten. Es ist heute üblich, ein Bestattungsunternehmen mit der Beerdigung zu beauftragen, welches das gesamte Verfahren professionell plant und organisiert, wobei Wünsche der auftraggebenden Familie berücksichtigt werden können.

Aufgrund des Lebensstils bestehen Unterschiede zwischen der Trauerzeremonie in einer Stadt und einer solchen auf dem Land. Auf dem Land wohnt man meistens in einem Einfamilienhaus. Daher wird ein Traueraltar

Bei einer traditionellen Bestattung gibt es viele wichtige Schritte, wie die Bewachung des Sarges.

oft direkt zu Hause eingerichtet, hinter dem der Sarg bis zur Beerdigung aufbewahrt wird. Inzwischen ist es üblich, eine Kühltruhe zu mieten, um den Leichnam vor den hohen Temperaturen zu schützen. Bis zu der offiziellen Trauerfeier kommen Verwandte und Freunde, um den/die Verstorbene(n) zu grüßen und den engen Familienmitgliedern das Beileid auszusprechen. In der Stadt ist es oft ganz anders. Da man dort meistens in einem Hochhaus mit mehreren Wohnungen lebt, wird in dem Fall ein Traueraltar oder eine Trauernische in einem öffentlichen Bestattungsinstitut in der Nähe gemietet.

Traditionell gibt es in Taiwan mehrere wichtige Abläufe bei Bestattungen, die im Folgenden beschrieben werden. Zuallererst bringt die Familie den/die Verstorbene(n) in das Wohnzimmer, wo die Ahnentafeln aufgestellt sind. Dann verbrennt man an den Füßen des/der Verstorbenen Papiergeld und stellt Reis mit Stäbchen, Fleisch und Enteneiern bereit. Es ist für die meisten Familien wichtig, dass sie den Verstorbenen nach Hause bringen, weil es in der traditionellen chinesischen Gesellschaft den Brauch gibt, zu Hause in Frieden zu ruhen. Zu Hause wird ein Angehöriger oder eine Fachkraft den/die Verstorbene(n) frisch machen und anziehen. Danach legt man die Leiche in einen Sarg, der aber noch nicht geschlossen wird. In den Tagen vor der Beerdigung müssen die Angehörigen des/der Verstorbenen den Leichnam abwechselnd bewachen, um zu verhindern, dass Hunde oder Katzen darüber springen oder der Leichnam durch andere Geschehnisse gestört wird.

Alle sieben Tage nach dem Tod lädt die Familie die Mönche ein, um eine Art Andacht durchzuführen. Dabei ist der siebte Tag nach dem Tod einer der wichtigsten Tage während der Trauerzeit. Nach der traditionellen Glaubensvorstellung in Taiwan weiß die Seele eines Menschen in den ersten sechs Tagen nach dem Tod noch nicht, dass er oder sie tot ist. Erst am siebten Tag nach dem Tod ist die Seele davon überzeugt, dass sie wirklich tot ist. Dann kann die Seele nach Hause gebracht werden, damit sie den Zustand des Hauses und der Familie in Augenschein nehmen kann.

Die meisten endgültigen Abschiedszeremonien finden 49 Tage nach dem Tod statt. Dabei verabschieden sich Familienmitglieder und Freunde von dem/der Verstorbenen, ehe der Leichnam beerdigt oder kremiert. Die Bestattungszeremonie besteht sowohl aus einer privaten Gedenkfeier für Familienangehörige und einer öffentlichen Gedenkfeier, die für die Kollegen und Freunde des Verstorbenen abgehalten wird.

Die Bestattungskultur ist eine der komplexesten aller Rituale des Lebens. Diese Riten und Zeremonien sollen den Geistern helfen, den instabilen Zustand zu überwinden und schließlich in die Reihe der Ahnen zurückzukehren.

第 4 章

Sehenswürdigkeiten

觀光景點

Bilder: Ilon Huang

4.1 龍山寺

Der Longshan Tempel im ältesten Stadtteil Taipeis hat eine lange und bewegte Geschichte.

　　「艋舺（今萬華）是臺北市開發最早的地方，而臺北第一名剎——龍山寺，就是當地居民信仰、活動、集會和指揮的中心。艋舺龍山寺前殿、大殿、後殿可細分許多廳，共供奉約 100 多尊神明。前殿的特色有八角藻井及全臺唯一的鑄銅龍柱，大殿有金柱撐起的圓形螺旋狀藻井，相當罕見。整體建築包括石雕、木雕、彩繪和格局樣貌均非常精緻，除展現傳統寺廟之美，並深具藝術價值。從西元 1738 年開始動工，到 1740 年落成。二百多年來，龍山寺經過多次的修建，現為臺北市定古蹟。

4.1 Der Longshan-Tempel

Der Longshan-Tempel befindet sich in Wanhua, dem ältesten Stadtteil Taipehs, der auch als „Mengjia" (oder Wanhua) bekannt ist. Der Tempel wurde 1738 errichtet und diente als Ort der Anbetung und als Versammlungsort für die chinesischen Siedler aber auch als ein Verteidigungszentrum. Heute ist er einer der ältesten Tempels Taipehs, wobei er nicht mehr aus den ursprünglichen Gebäuden besteht, die 1738 errichtet wurden.

Als die Han-Chines*innen aus Fujian nach Nordtaiwan einwanderten, sahen sie sich nicht nur während der Durchquerung der Taiwanstraße großen Gefahren gegenüber, sondern auch nachdem sie sich in Nordtaiwan niedergelassen hatten. Krankheiten, Naturkatastrophen und blutige Auseinandersetzungen mit anderen Siedlern oder den indigenen Bewohner*innen sorgten für ein gefährliches Leben. „Drei überleben, sechs sterben, einer kehrt um" lautet ein Sprichwort, dass die damalige Situation der Einwanderer gut wiedergibt. Zum Schutz und um sich ein besseres Leben zu sichern, brachten die Siedler ihre Volksreligion mit. Basierend auf der alten Volksreligion der neuen Siedler wurde der Longshan-Tempel errichtet.

Der Longshan Tempel ist in Nord-Süd-Richtung ausgerichtet und wurde im traditionellen Stil der Drei-in-Eins-Höfe der klassisch chinesischen Gärten errichtet. Diese drei einzelnen Höfe sind die Vorhalle, die Haupthalle und die hintere Halle. Die Tore und die Säulen des Tempels sind äußerst kunstvoll geschnitzt und kombinieren sowohl die Tempelkunst der Qing-Dynastie als auch der japanischen Kunst, denn der Tempel wurde während der japanischen Kolonialzeit wieder neu aufgebaut. Vor der Sanchuan-Halle stehen zwei besondere Drachensäulen aus Bronzeguss, die es nur in Taiwan gibt und damit eines der besonderen und traditionellen Merkmale taiwanischer Tempel ist.

Wie oben erwähnt, besteht der Tempel heute nicht mehr aus den Gebäuden, die 1738 erbaut wurde. Der Grund dafür sind eine Vielzahl von Katastrophen - natürlicher und menschlicher Art - die den Tempel im Laufe der Jahrhunderte trafen. So musste der Tempel nach einem Erdbeben im Jahr 1815 und einem Taifun im Jahr 1867 renoviert werden. Später im Jahre 1919 wurden die Säulen des Tempels von Termiten zerstört. Doch dank von Spenden der lokalen Bevölkerung konnte der Tempel restauriert werden. Wie es heißt, soll ein buddhistischer Mönch seine gesamten Ersparnisse gegeben haben, um den Wiederaufbau zu unterstützen. Durch diese Reparaturen und Renovierungen ist der Tempel auf seine heutige Größe gewachsen.

Auch während des Zweiten Weltkriegs wurde der Tempel stark beschädigt. In dem verheerenden Bombenangriff am 31. Mai 1945 durch die US-Luftwaffe wurden die Haupthalle des Tempels und viele wertvolle Kunstgegenstände zerstört, doch wie durch ein Wunder blieb die Statue der Göttin Guanyin im Longshan-Tempel unbeschädigt. Die Anwohner erzählen sich, dass sie während der Bombenangriffe von Guanyin beschützt wurden. Danach soll die Anzahl der Guanyin-Anhänger noch mehr gestiegen sein.

Wie viele Tempel in Taiwan ist auch der Longshan Tempel nicht allein einer Religion vorbehalten. Obwohl die Hauptgöttin des Tempels die buddhistischen Göttin Guanyin ist, enthält der Tempel auch für chinesische Gottheiten wie Mazu und Guan Yu. Die Gläubigen kommen in den Longshan Tempel, um dort um Frieden, Gesundheit und innere Ruhe oder auch um Erfolg beim Studium oder bei der Karriere zu beten. Heutzutage besuchen auch viele Jugendliche und Unverheiratete diesen Tempel, um für Glück in der Liebe zu beten. Sie sind davon überzeugt, dass der Gott der Liebe „Yue-Lao" ihnen dabei helfen wird, die wahre Liebe zu finden, wenn sie ihm Süßigkeiten darbieten.

Der Longshan-Tempel ist nicht nur ein Ort des religiösen Lebens, sondern als Meisterwerk der traditionellen chinesischen Architektur eine touristische Sehenswürdigkeit und eine nationale historische Stätte. Die Regierung hat ihn am 19. August 1985 als historische Stätte zweiten Grades eingestuft, um ihn auch für künftige Generationen zu erhalten.

Der Longshan-Tempel ist immer ein Besuch wert, doch darüber hinaus gibt es jedes Jahr regelmäßig Festivals und Folkloreveranstaltungen, wie zum Beispiel das Laternenfest zum chinesischen Neujahr oder das Bathing-Buddha-Festival im April. So können Besucher und Besucherinnen im Longshan-Tempel nicht nur die klassische Architektur chinesischer Tempel bestaunen, sondern auch die traditionelle Volkskultur Taiwans erleben. Daher sollte der Longshan Tempel ganz oben auf der To-Do-Liste stehen, wenn man Taipeh besucht.

Heutzutage ist der Longshan Tempel nicht nur ein Ort der Verehrung, sondern auch ein beliebtes Ziel für Touristen. (Bild: Ilon Huang)

4.2 保安宮

Schon am Eingang des Baoan Tempels erahnt man die prachtvolle Verzierung des Tempels. (Bild: Ilon Huang)

　　大龍峒保安宮，位在臺北市大同區，是臺北重要的道教信仰中心，2018年被列為國定古蹟。於1830年建成的保安宮，建築帶有漳州風格，也是最早使用臺灣石材的廟宇之一，象徵著廟宇建築本土化。保安宮是由清朝移民到臺灣的福建同安人所建，因此名稱帶有「保佑同安人」之意義。保安宮主要供奉保生大帝、神農大帝、註生娘娘等神祇。每年農曆三月十五是保生大帝誕辰，保安宮會舉辦一系列的慶典活動，統稱為「保生文化祭」。2016年曾與梵蒂岡共同舉辦國際學術研討會，並簽署宣言，成為道教民間信仰中首間與教廷締約的廟宇。

4.2 Der Baoan-Tempel

Der Baoan-Tempel von Dalongdong im heutigen Stadtbezirk Datong ist ein wichtiges religiöses Zentrum in Taipeh. Der historische Stadtteil Dalongdong spielte für den Binnenschiffsverkehr eine wichtige Rolle, da der Fluss Keelung hier in den Fluss Tamsui mündet. Der Bau des Tempels begann im Jahr 1805 und wurde 1830 fertiggestellt. Heute ist der Baoan-Tempel eine nationale historische Stätte.

Der ganze Tempel besteht aus der Vorhalle, der Haupthalle und der Apsis. Er umfasst eine Fläche von mehr als 3.000 Quadratmetern. Die Architektonik basiert auf dem Zhangzhou-Stil. Es gibt viele traditionelle Dekorationen, wie zum Beispiel Wandmalereien und Schnitzereien. Vor dem Tempel stehen nicht nur Drachensäulen, sondern auch ein paar außergewöhnliche Steinlöwen. Wenn Löwen vor einem Tempel stehen, hat der männliche Löwe das Maul normalerweise geöffnet, während die Löwin mit einem geschlossenen Mund dargestellt wird. Die Löwen vor dem Baoan Tempel dagegen öffnen beide ihre Mäuler.

Die meisten Tempel in Taiwan wurden früher aus Steinen aus China gebaut, aber der Baoan-Tempel ist der erste Tempel, dessen Bau taiwanische Steine verwendete. Dies symbolisiert die Regionalisierung des Tempels.

Der Tempel wurde von Menschen aus Tong'an, Xiamen, Fujian, erbaut, die im frühen 19. Jahrhundert nach Taipeh einwanderten und dem Tempel den Namen Bao-an (保安) gaben, um "die von Tong'an zu schützen" (保佑同安). Im 20. Jahrhundert wurde der Baoan-Tempel während der japanischen Kolonisation wiederholt renoviert und erweitert, wodurch er seine heutige Größe erreichte. 1981 wurde der Baoan-Tempel von der taiwanischen Regierung als kommunale historische Stätte zweiten Grades eingestuft. Von 1995 bis 2003 wurde der Tempel gründlich renoviert, nachdem er lange vernachlässigt worden war. Im Jahr 2003 wurde der Tempel in die UNESCO Asia-Pacific Heritage Awards for Culture Heritage Conservation aufgenommen. 2016 fand eine internationale wissenschaftliche Konferenz statt, die der Baoan-Tempel und der Vatikan zusammen organisierten. Nach

der Konferenz wurde eine Erklärung herausgegeben, die den Baoan-Tempel zum ersten taoistischen Tempel machte, der mit dem Vatikan einen Vertrag abschließt. 2018 wurde der Baoan-Tempel schließlich als eine nationale historische Stätte eingestuft.

Ein Blick von oben zeigt die prächtigen Verzierungen auf den Dächern des Baoan Tempels noch deutlicher. (Bild: Ilon Huang)

Insgesamt 14 Götter werden im Baoan-Tempel verehrt. Der wichtigste Gott ist „Baosheng Dadi", der lebensbewahrende Kaiser. Aus historischen Quellen weiß man heute, dass Baosheng Dadis eigentlicher Name wohl Wu Tao (吳 本) war. Es handelte sich um einen chinesischen Arzt, der zu einer Gottheit der Heilkunst aufstieg und noch heute besonders in der chinesischen Provinz Fujian und in Taiwan verehrt wird. Neben ihm betet man dort auch den Urkaiser Shennong und die Göttin der Geburt an. Der Urkaiser Shennong ist für die Landwirtschaft verantwortlich, und man verehrt die Göttin der Geburt, weil sie die Gesundheit schwangerer Frauen und das

Wachstum kleiner Kinder segnet.

Wie viele andere Tempel veranstaltet auch der Baoan Tempel Tempelfeste und kulturelle Veranstaltungen. Die Leute besuchen solche Veranstaltungen sehr gern, um sich bei den Göttern zu bedanken, aber auch um die festliche Atmosphäre zu genießen.

Der Geburtstag des Baosheng Dadi wird jedes Jahr am 15. März des chinesischen Kalenders im Baoan-Tempel mit drei traditionellen Gottesdiensten gefeiert. Zu der sehr feierlichen Zeremonie werden auch immer Regierungsbeamte eingeladen. Im Anschluss finden dann etwa 2 Monate lang viele verschiedene Veranstaltungen statt. Diese gesamte Veranstaltung nennt sich das "Baosheng Kulturfestival". Während des Kulturfestivals werden kostenlose medizinische Behandlungen traditionell chinesischer Art angeboten, um Baosheng Dadi, dem Medizingott, zu gedenken.

4.3 台北 101

Der Taipeh 101 ist von der ganzen Hauptstadt aus gut zu sehen und kann daher auch zur Orientierung dienen.

　　台北 101，臺灣最高的建築物以及重要地標，位在臺北市信義區，是現今世界上排名第十二高的摩天大樓。因臺灣地理位置及環境影響，多有颱風、地震，台北 101 的建築結構也因此獨具特色。例如大樓內部懸掛了一個巨型阻尼器，以減緩地震和強風造成的晃動，並且開放遊客參觀。這棟摩天大樓除了是臺北市重要的辦公金融大樓以外，也設有購物中心以及兩處觀景台，是臺北人週末娛樂消遣的好去處。台北 101 的外牆除了星期一到日晚上依序打上彩虹顏色的燈光之外，有特殊活動或節慶時也會舉辦燈光秀。每逢元旦跨年，台北 101 的煙火秀更是不容錯過的活動。

4.3 Taipeh 101

„Taipeh 101" (sprich „… eins null eins") ist das höchste Gebäude Taiwans und zugleich ein Wahrzeichen des Landes. Der Wolkenkratzer liegt im Bezirk Xinyi der Hauptstadt Taipeh. Das Gebäude verfügt über 101 Stockwerke über und fünf Stockwerke unter der Erde. Die Höhe des Gebäudes beträgt 509,2 Meter. Der Bau wurde im Jahr 1999 begonnen und 2004 fertiggestellt. Bis 2010 war es der höchste Wolkenkratzer auf der ganzen Welt, mittlerweile belegt das Taipeh 101 den 12. Platz.

Der Taipeh 101 ist ein beliebtes Motiv aus allen Winkeln und zu jeder Tageszeit. (Bild: Ilon Huang)

Die Gebäudestruktur des Taipeh 101 wird durch Taiwans geografische Lage beeinflusst. Taiwan befindet sich auf einem Erdbebengebiet. Außerdem gibt es vom Sommer bis zum Herbst viele Taifune. Deswegen muss das Taipeh 101 sowohl Erdbeben als auch Stürmen trotzen, ohne ins Wanken zu geraten. So sind die Glasfassaden des Taipeh 101 doppelt verglast und bieten einen ausreichenden Wärme- und UV-Schutz, um die Hitze von außen um 50 % abzublocken. Das Fassadensystem besteht aus Glas- und Aluminiumpaneelen, die in einem geneigten, bewegungsresistenten Gitter installiert sind. Durch Quer- und Längsstreben, die in jedem achten Stockwerk das Fassadensystem mit den Megastützen verbindet, wird eine hohe Steifigkeit des Fassadensystems erreicht. Dadurch kann das Fassadensystem seismische seitliche Verschiebungen von bis zu 95 mm unbeschadet überstehen und kann Stöße von 7 metrischen Tonnen aushalten. Außerdem wurde u. a. zwischen dem 88. und 92. Stockwerk eine 660 Tonnen schwere vergoldete, aus einzelnen Scheiben gefertigte Stahlkugel mit einem Durchmesser von 5,5 m installiert. Dieses sogenannte Tilgerpendel soll mit ölhydraulischen Dämpfungselementen den Schwankungen des Gebäudes entgegenwirken. Die maximale Beschleunigung bei Stürmen wird durch den Dämpfer etwa halbiert. Touristen können das Stahlpendel auch besichtigen und im Laufe der Zeit ist es eine beliebte Touristenattraktion geworden.

Trotz der technischen Überlegungen wurden bei der Entwicklung des Gebäudes auch die chinesische Architektur nicht vergessen. So entwickelten die Architekten, basierend auf der chinesischen Tradition, ein pagodenähnliches Design, das gleichzeitig ein Bambus darstellen soll. In der chinesischen Kultur hält man den Bambus für ein positives Symbol, das stetigen Fortschritt darstellt. Außerdem wurden verschiedene Glückssymbole integriert, beispielsweise die 8, eine chinesische Glückszahl, die immer wieder auftaucht. Ein weiteres Glückssymbol am Taipeh 101 sind die chinesische Glücksmünzen, die überdimensional groß an der Fassade des Gebäudes zu sehen sind.

Der Wolkenkratzer Taipeh 101 ist mehrfunktional. Er dient als Einkaufszentrum, Bürogebäude und auch als Aussichtsplattform. Bis zum 5. Stock erstreckt sich der ‚Konsumtempel'. Darin sind zahlreiche Modegeschäfte und viele berühmte Restaurants, wie z. B. Ding Tai Fung, ein bekanntes Restaurant chinesischer Küche, zu finden. Gerade am Freitagabend und am Wochenende strömen die Besucher*innen in das Einkaufszentrum. Im 89. Stock befindet sich eine interne Aussichtsplattform, während man im 91. Stock auf einer äußeren Aussichtsplattform auch ins Freie treten kann. Man kann auch in den Restaurants im 85. und 86. Stock essen, in denen man einen aufregenden Blick über die Stadt genießen kann. Zwischen dem Einkaufszentrum und der Aussichtsplattform befinden sich Büros, meistens Firmen im Zusammenhang mit Handel und Finanzwesen. Auch das Deutsche Institut Taipeh befindet sich hier, und zwar im 33. Stock.

Dieses Tilgerpendel mit einem Durchmesser von 5,5 Metern soll die Schwankungen des Gebäudes ausgleichen. (Bild: Ilon Huang)

Abends von 18.00 bis 20.00 Uhr erleuchtet das Taipeh 101 jeweils in einer der Farben des Regenbogens. Dabei ist jedem Wochentag eine der sieben Farben zugeteilt. So leuchtet er am Montag in Rot, am Dienstag Orange, am Mittwoch Gelb, und so weiter. Oft werden aber auch Botschaften an der Außenwand angezeigt, wenn es spezielle Ereignisse gibt, oder an Feiertagen. Zum Beispiel wurden 2007 die Wörter „UN for Taiwan" auf der Außenwand zur Schau gestellt, quasi als Aufforderung an die Vereinten Nationen, Taiwan als Mitglied aufzunehmen.

Jedes Jahr am 31. Dezember versammeln sich die Menschen in der Nacht in der Nähe von Taipeh 101, um sich die Silvesterfeier und das Neujahrsfeuerwerk anzuschauen. Während die Menschen auf das spektakuläre Feuerwerk warten, gibt es viele Aufführungen verschiedener Stars und Sänger*innen. Die Aufführungen und das Feuerwerk werden auch im Fernsehen übertragen, damit die Menschen, die nicht so lange in der Kälte warten möchten, auch an der Feier teilhaben können. Die Silvesterfeier am Taipeh 101 mit dem Countdown bis Mitternacht und dem Feuerwerk ist für die heutige taiwanische Jugend eine der wichtigsten Veranstaltungen des Jahres.

4.4 打狗英國領事館

Von der Residenz des Konsuls hat man einen hervorragenden Ausblick sowohl über die Hafenstadt Kaohsiung als auch aufs Meer.

　　打狗英國領事館及官邸位在高雄市鼓山區，是臺灣年代最為久遠的西式建築之一，建立於 1878-79 年。郇和（Robert Swinhoe）是打狗英國領事館首任領事，然而在他任職期間，領事館及官邸尚未建成。於清朝成立的領事館位在碼頭邊，方便商業貿易的往來，而領事官邸則建於小丘陵上，與領事館僅以一條登山步道連接，是具有高度隱私的建築，不僅是領事的住所，也是接待外交使節與貴賓之處。領事館建築在二戰期間曾遭受美軍砲彈襲擊，之後又在 1977 年遭受颱風侵襲嚴重損毀，臺灣政府在二十世紀末才著手進行修建。現今的英國領事館為著名的文化園區，也是國定古蹟。

4.4 Das ehemalige britische Konsulat in Kaohsiung (ehemals Takao)

Großbritannien richtete in den 1860er Jahren als eines der ersten westlichen Länder ein Konsulat in Taiwan ein. (Bild: Shao-Ji Yao)

Das ehemalige britische Konsulat wurde im Jahre 1865 gegründet. Es befindet sich im heutigen Gushan Bezirk der südtaiwanischen Stadt Kaohsiung. Das ehemalige britische Konsulat ist das älteste westliche Gebäude Taiwans, und der Bau markierte den Beginn des westlichen Baustils in Taiwan.

Eine besondere, architektonische Eigenheit des Konsulats ist die Arkade, die mit roten Ziegeln gebaut wurde. Während das ehemalige britische Konsulat neben dem Pier liegt, befindet sich die Residenz des Konsuls auf einem Hügel darüber. Dadurch hat man von dort einen guten Blick auf die Bucht Sizihwan (西子灣) und den Hafen Kaohsiungs. Die beiden Gebäude werden durch einen Weg verbunden und wurden später zu einem Kulturpark umgebaut. Heutzutage gibt es dort Cafés und Restaurants, und der Kulturpark ist eine populäre Touristenattraktion geworden.

Im Laufe der Zeit und aufgrund vieler Wechsel und Änderungen gingen viele Dokumente verloren. Das führte dazu, dass man das Gebäude auf dem Hügel jahrzehntelang für das Konsulat hielt. Nach langer Forschung wurde nun bestätigt, dass das Konsulat tatsächlich das Gebäude neben dem Pier war, und auf dem Hügel die Residenz des Konsuls lag.

Ein Konsulat ist eine für alle geöffnete dienstliche Behörde. Daher wurde es in der Nähe von Pier, Handelsschiffen und ausländischen Firmen errichtet. Das Konsulat war früher eine wichtige Basis für das Management der Konsulargeschäfte Großbritanniens in Takao, dem heutigen Kaohsiung. Großbritannien besaß damals Konsulargerichtsbarkeit, deswegen wurde das Konsulat mit einem Gefängnis ausgerüstet. Die Residenz auf dem Hügel war sicher, ruhig, privat und bequem, weil es nur einen Eingang zu der Residenz gab. Leute in diesem Gebäude wurden selten gestört. Außerdem hat man von dort einen guten Überblick über das ganze Hafengebiet. Die Residenz des Konsuls diente nicht nur als Unterkunft des Konsuls, sondern auch als Ort, an dem Botschafter und andere wichtige Gäste empfangen wurden.

1860 zwang die Pekinger Konvention die Qing-Dynastie, die Häfen von Takao (heute Kaohsiung), An-ping (Anping, Tainan), Tamsui (Tamsui, New Taipeh) und Keelung für den Außenhandel zu öffnen. Großbritannien reagierte damals als eines der ersten westlichen Länder und richtete ein Konsulat ein. Zum ersten britischen Vizekonsul wurde Robert Swinhoe ernannt, der sein Amt zunächst in Tamsui antrat, ehe das Konsulat 1864 nach Takao verlegt wurde. Allerdings wurde das heutige Konsulat nicht zu Zeiten von Swinhoe erbaut, sondern erst in den Jahren 1878-79. Als Taiwan 1895 eine japanische Kolonie wurde, änderte sich zunächst nichts für das Konsulat, doch 1909 erhob die japanische Regierung von Taiwan den Anspruch auf alle ausländischen Konsulate in Taiwan. Daraufhin wurde das britische Konsulat im folgenden Jahr geschlossen. Das Konsulat wurde 1931 in das Kaohsiunger Marine-Observatorium umgewandelt. Das Gebäude wurde zweimal stark beschädigt, einmal durch einen Bombenangriff der US-Luftwaffe im 2. Weltkrieg und noch einmal durch einen starken Taifun im Jahr 1977. Im Jahr 1985 ließ die Regierung Taiwans das Konsulat renovieren. Es wurde zunächst in eine Ausstellungshalle für historische Antiquitäten und 2013 in den Kulturpark des ehemaligen britischen Konsulats umgewandelt. Heutzutage ist das Konsulat eine nationale historische Stätte.

Das ehemalige britische Konsulat sowie die Residenz des Konsuls in Takao dienen als ein gutes Beispiel für die vielfältigen kulturellen Einflüsse in Taiwan. Taiwan wurde von vielen Ländern begehrt, weil die Insel eine geographisch wichtige Position einnimmt. Taiwan wurde einst von Spanien, den Niederlanden und Japan kolonisiert, und viele andere Länder haben versucht, ihren Einfluss auf Taiwan auszubauen. So hat neben dem britischen Konsulat auch das damalige Deutsche Reich 1895 ein Konsulat in Taipeh eröffnet. All diese Länder haben Spuren im heutigen Taiwan hinterlassen.

4.5 指南宮

Der Zhinan-Tempel in den grünen Hügeln von Mucha gelegen ist auch für Wanderfreunde ein Besuch wert. (Bild: Ilon Huang)

　　位於臺北市文山區的指南宮，又稱「仙公廟」，是臺灣著名的道教聖地，亦為儒、釋、道三教合流的聖殿。指南宮於十九世紀末至二十世紀初建成，最初建立時，只是個簡陋的茅草建築，經過多次擴建，現今由多個寶殿、廟宇集結而成。指南宮主祀呂洞賓，為道教中八仙的其中一位，供奉在純陽寶殿中，即指南宮的主殿。指南宮各個寶殿的建築各有特色，例如：純陽寶殿以大理石砌成，並擁有銅瓦屋頂，而凌霄寶殿（奉祀玉皇上帝）則是以鋼筋水泥建造，其屋頂帶有閩南式風格。指南宮周圍景色優美，附近有臺北市立動物園、貓空纜車，和以文山包種茶聞名的貓空，十分值得一遊。

4.5 Der Zhinan-Tempel

Der Hauptgott des Zhinan-Tempels ist Lü Dongbin, der sich gern mal zwischen unverheiratete Paare drängt.
(Bild: Ilon Huang)

Der Zhinan-Tempel, auch Xiangong Tempel (仙公廟) genannt, ist ein taoistischer Tempel auf den Hängen des Houshan (猴山 , "Affenberg") im Bezirk Wenshan in Südtaipeh. Der Hauptgott des Zhinan-Tempels ist der Unsterbliche Lü Dongbin, doch auch Gottheiten des Buddhismus findet man im Zhinan-Tempel.

Erbaut wurde der Zhinan-Tempel im Jahr 1890, doch seine Geschichte begann schon im Jahr 1882. Damals brachte Wang Bin-Lin (王斌林), der neu ernannte Landrat von Tamsui, eine heilige Statue von Lu Dongbin aus dem Yongle-Palast mit, einer Tempelanlage im Kreis Ruicheng in der chinesischen Provinz Shanxi, mit nach Taiwan. Die Statue der Gottheit wurde zunächst im Yuqing-Schrein in Bangka (heute Bezirk Wanhua) aufgestellt. Doch als später eine Epidemie im Taipeher Bezirk Jingmei wütete, brachte der örtliche Adel die Statue des Patriarchen Lu dorthin, um eine weitere Verbreitung zu verhindern. Als die Epidemie tatsächlich unter Kontrolle gebracht werden konnte, errichteten die Bewohner 1890 den Zhinan Tempel.

Als der Zhinan-Tempel gebaut wurde, war er nur ein einfaches, strohbe-
decktes Gebäude. Von 1920 bis 1959 wurde der Tempel dann aber mehrmals
erweitert. Außerdem wurde ab 1991 im Zhinan-Tempel ein siebenjähriges
Wiederaufbauprojekt durchgeführt. So besteht der Zhinan-Tempel heutzutage aus verschiedenen prächtigen Tempeln und kleinen Palästen. Unter ihnen
sind der Chunyang Palast und der Linxiao Palast am bekanntesten.

Die derzeitige dreistöckige Struktur und Anlage des Chunyang Palastes
wurde von Chen Ying-Bin (1864-1944) entworfen, einem berühmten Meis-
ter des Zhangzhou-Stils des Zimmermannshandwerks. Die Haupthalle des
Zhinan-Tempels ist eines der Hauptwerke aus den späteren Jahren von Meis-
ter Chen. Bei der letzten Renovierung im Jahr 1992 wurde für das Äußere
der Halle Marmor gewählt, da er sehr widerstandsfähig und langlebig ist.
Besonders spektakulär sind die lebensechten Drachensäulen im Inneren der
Halle, die in Quanzhou City, China, geschnitzt und nach ihrer Fertigstellung
zum Tempel transportiert wurden.

Der Linxiao Palast wurde 1966 fertiggestellt. Die gesamte Halle ist mehr
als 2.300 Quadratmeter groß und der Palast ist sechs Stockwerke hoch. Darüber hinaus wurde er komplett aus Stahlbeton gebaut und war zu dieser Zeit
der erste Jadekaiser Palast mit modernen Baumaterialien in Taiwan. Das
oberste Dach ist im Minnan (Südfujian)-Stil gehalten und ist mit geschnitz-
ten Drachen und Phönixen dekoriert. Im Gegensatz dazu ist das zweite Dach
eher im nördlichen Stil gehalten mit Tierfiguren und Gottheiten auf Wolken.
Die Wanddekorationen und Drachensäulen sind alle aus Guanyin-Bergstein
(aus den Guanyin-Bergen) gehauen, und einige Teile sind mit Goldfarbe bemalt, sodass sie herrlich funkeln, wenn man sie aus der Ferne betrachtet.

Wie oben erwähnt, ist Lü Dongbin der Hauptgott im Zhinan-Tempel. Dieser ist auch als Lü Chunyang bekannt. Lü Chunyang ist ein berühmter taoistischer Unsterblicher der chinesischen Mythologie. Außerdem gehört er zur Gruppe der „Acht Unsterblichen", den Heiligen des Taoismus. Von diesen acht Unsterblichen ist Lü Chunyang auch die legendärste Figur. Der Legende nach ist er in der Tang-Dynastie geboren und starb in der Pagode des gelben Kranichs. Ab der Nördlichen Song-Dynastie gab es immer mehr Legenden über und um Lü Dongbin und auch heute gibt es viele Anhänger, die an seine Wundertaten glauben. Trotz all seiner Wundertaten ist Lü Dongbin nicht immer zu trauen. So warnt man unverheiratete Paare davor, den Zhinan Tempel zu besuchen, da es heißt, dass sie sich nach dem Besuch trennen würden. Eine Erklärung dafür ist, dass Lü Dongbin, der für seine taoistischen sexuellen Fähigkeiten berühmt ist, jede unverheiratete Frau verführen kann und wohl auch will. Laut einer anderen Geschichte ist Lü Dongbin eifersüchtig auf Geliebte, da seine eigene Liebe zur Unsterblichen Frau He unerwidert blieb.

Dank seiner Lage auf dem dicht bewaldeten Houshan ist der Zhinan-Tempel immer einen Besuch wert. Dazu liegt gleich in der Nähe das berühmte Teeanbaugebiet Maokong. Dort gibt es viele Wanderwege, z. B. von der Nationalen Chengchi-Universität am Fuße des Hügels zum Gipfel des Berges, an denen entlang viele Restaurants und Teehäuser zum Verweilen einladen. Von dort aus hat man gerade bei klarem Wetter einen Blick über ganz Taiwan. Früher konnte man nur zu Fuß oder mit kleinen Bussen zum Tempel oder Maokong gelangen. Heutzutage gleitet aber eine Seilbahn vom Taipeher Zoo am Fuße des Berges zum Tempel und Maokong hoch.

4.6 國家人權博物館

Das ehemalige Gefängnis auf der Grünen Insel ist in ein Museum für Menschenrechte umgewandelt.
(Bilder: National Human Rights Museum, Taiwan)

　　國家人權博物館是保存臺灣白色恐怖時期資料的不義遺址，於 2018 年 3 月成立，主要工作為研究、展示、典藏解嚴前的相關人權檔案、史料和文物，並做教育推廣，自 2019 年 9 月成為國際人權博物館聯盟首個位於亞洲的分部。

　　國家人權博物館在臺灣設立了兩處的紀念園區，分別位於「綠島」和鄰近新北市新店區的「景美」。其中，「白色恐怖景美紀念園區」前身為看守所，此處曾羈押過政治犯、犯罪軍人，和重刑犯，此園區於 2002 年被登錄為歷史建築。而「白色恐怖綠島紀念園區」於 2002 年 12 月 10 日世界人權日正式開幕，過去許多臺灣政治犯曾拘禁於此，園區內的「新生訓導處」和「綠洲山莊」皆曾是監管與改造政治犯的監獄。

4.6 Nationales Menschenrechtsmuseum

∙∙∙

Das 2018 gegründete Nationale Menschenrechtsmuseum mit seinen Standorten in Jingmei und auf der Grünen Insel (綠島) dokumentiert u. a. die Verbrechen und Opfer der Diktaturzeit und des Weißen Terrors in Taiwan. Es hat die Aufgabe die Menschenrechte zu fördern, historische Dokumente zu erhalten und mündliche Berichte der Opfer aufzunehmen.

Die Zeit des „Weißen Terrors" ist eine schmerzhafte Periode in Taiwans Geschichte. Im engeren Sinne kann man sagen, dass sie mit dem Erlass des Kriegsrechtes am 20. Mai 1949 begann und erst mit der Aufhebung des "Gesetzes zur Bestrafung von Verrätern" (懲治叛亂條例) am 22. Mai 1991 endete. Die Kuomintang-Regierung der Republik China übte in dieser Zeit in Taiwan eine autoritäre Herrschaft aus und setzte das Kriegsrecht im ganzen Land durch. Die Regierung stützte sich auf das Kriegsrecht und das "Gesetz zur Bestrafung von Verrätern", um das Land von Dissidenten zu säubern und diejenigen zu verfolgen, die die Regierung kritisierten und ablehnten. Dabei wurden die grundlegenden Menschenrechte, die Demokratie und die Freiheit des Volkes ignoriert, was zu zahlreichen ungerechten und oft grausamen Vorfällen und Verurteilungen führte.

In dieser Zeit wurden viele grausame Taten begangen. Bekannte Beispiele sind der Kaohsiung-Zwischenfall 1979-1980 (美麗島事件) und der Mord an der Familie Lin 1980 (林宅血案). Am 15. Juli 1987 kündigte die Regierung der Republik China die Aufhebung des Kriegsrechts an, und der Weiße

Terror endete nominell, aber Dissidenten wurden weiterhin unterdrückt und verfolgt. Erst mit der Aufhebung des "Gesetzes zur Bestrafung von Verrätern" im Jahr 1991 überwand man allmählich die Angst und begann mit Diskussionen über den Weißen Terror. Dies erhielt 1995 durch die Einrichtung einer offiziellen öffentlichen Gedenkstätte und einer Entschuldigung durch Präsident Lee Teng-hui (李登輝) einen weiteren Schub.

Heutzutage kann man im Nationalen Menschenrechtsmuseum die Relikte dieser dunklen Periode in Taiwans Geschichte finden. Das Museum wurde am 15. März 2018 offiziell gegründet. Hier werden relevante Menschenrechtsakten, historisches Material und kulturelle Relikte aus der Zeit des Weißen Terrors gesammelt. Zu ihren weiteren Arbeitsinhalten gehören auch Forschung, Präsentation und Bildungsförderung. Außerdem ist es seit September 2019 Teil des asiatisch-pazifischen Zweigs der Internationalen Föderation der Menschenrechtsmuseen.

Der "Weißer Terror"-Gedenkpark in Jingmei liegt im Bezirk Xindian von Neu Taipeh Stadt. Während der Zeit des Weißen Terrors befand sich auf diesem Gelände das Militärgericht des Verteidigungsministeriums und ein Internierungslager, in dem kriminelle Soldaten, General-

Das Menschenrechtsmuseum in Jingmei, eine Gedenkstätte der Ungerechtigkeit am Stadtrand Taipeis.

verbrecher und politische Gefangene eingesperrt und vor Gericht gestellt wurden. In dieser Zeit wurden dort viele politische Opfer verurteilt, wie z. B. Beteiligte des Kaohsiung-Zwischenfalls von 1979.

Im Jahr 2002 wurde das Gelände als historisches Gebäude definiert, und im Anschluss wurde der Park der Menschenrechte in Jingmei gegründet. 2009 wurde der Park in den Jingmei Menschenrechts- und Kulturpark umbenannt.

Der "Weißer Terror"-Gedenkpark auf der Grünen Insel ist ein weiterer Ort, der an die Zeit des Weißen Terrors erinnern soll. Auch hier wurden viele politische Gefangene gefangen gehalten. Im Jahr 1951 wurde ein so genanntes „New Life Correction Center" gegründet, um Kriminelle mit ideologischen oder politischen Problemen zu überwachen oder zu reformieren. In den 1950er Jahren wurden mehr als eintausend politische Gefangene dorthin verlegt.

Im Jahre 1970 nach dem Zwischenfall „Taiyuan", einer organisierten, bewaffneten, taiwanischen Unabhängigkeitsoperation, richtete das Verteidigungsministerium auf der Grünen Insel ein Gefängnis mit dem Namen „Oasis-Villa" ein. 1972 wurden die politischen Gefangenen im Taiyuan-Gefängnis und in den Militärgefängnissen ins Gefängnis auf der Grünen Insel verlegt. Die Oasis-Villa ist ein geschlossenes Gefängnis, umgegeben von hohen Mauern. Heute werden dort historische Materialien zur Zeit des Weißen Terrors ausgestellt.

Am Welttag der Menschenrechte (10. Dezember) 2002 wurde der Weißer Terror-Gedenkpark auf der Grünen Insel offiziell eröffnet.

Beide Standorte wurden 2018 Teil des Nationalen Menschenrechtsmuseums. Wer sich für die Periode des Weißen Terrors interessiert und mehr darüber erfahren möchte, für den sind diese beiden Standorte ein Muss.

4.7 燈塔

Der Leuchtturm von Olampi ist einer der wenigen Leuchttürme der Welt, die bewaffnet sind und auch zur Verteidigung dienen.

　　臺灣四面環海且周圍有許多暗礁，十九世紀時，漁船常因觸礁而發生船難，因此燈塔是臺灣不可或缺的建築，對於漁民們來說，燈塔更是指引他們航行方向十分重要的設施。

　　全臺總共有 36 座燈塔，其中 19 座位在臺灣本島。所有燈塔皆隸屬於交通部航海局管轄，有些開放遊客參觀，且成為著名觀光景點。其中「富貴角燈塔」是臺灣本島最北邊的燈塔，建於 1897 年，因當時的統治者日本想要在殖民地與母國之間建造海底電纜與航路設備而建立。而位在臺灣最南端的則是建於 1883 年的「鵝鑾鼻燈塔」，是全台唯一一座武裝燈塔，且享有「東亞之光」的美名。

4.7 Leuchttürme

Als pazifische Insel mit vielen Riffen ist es nicht verwunderlich, dass Taiwan auch über eine Vielzahl von Leuchttürmen verfügt. Noch im 19. Jahrhundert ereigneten sich häufig Schiffbrüche, und die Schiffbrüchigen wurden häufig Opfer der Einwohner*innen der Insel. Dies zeigte den Verantwortlichen die Notwendigkeit, Leuchttürme zu bauen.

Auf der Hauptinsel Taiwan und den umliegenden Inseln gibt es heute insgesamt 36 Leuchttürme, davon sind 19 Leuchttürme auf der Hauptinsel. Alle Leuchttürme liegen unter der Gerichtsbarkeit des „Maritime and Port Bureau". Einige Leuchttürme sind für Besichtigungen geöffnet und haben sich inzwischen zu beliebten Touristenattraktionen entwickelt. Andere sind aus Gründen der Landesverteidigung bis heute nicht der Öffentlichkeit zugänglich. Stellvertretend für alle Leuchttürme Taiwans, sollen hier der nördlichste und der südlichste Leuchtturm vorgestellt werden: der Fuguijiao Leuchtturm und der Eluanbi Leuchtturm.

Der nördlichste Leuchtturm Taiwans, der Fuguijiao Leuchtturm, befindet sich im Bezirk Shimen in Neu Taipeh Stadt und ist nach dem nahe gelegenen Kap Fugui benannt. Der Leuchtturm wurde im Jahr 1897 fertiggestellt.

Der Leuchtturm von Kap Fugui an der nördlichsten Stelle der Insel wurde in der Anfangsphase der japanischen Kolonie eingerichtet.

Es ist der zweite Leuchtturm, der während der japanischen Besatzung in Taiwan gebaut wurde, weil Tiefseekabel zwischen Japan und Taiwan verlegt werden sollten. Der Turm hat eine achteckige Form, und bestand ursprünglich aus Eisen. Während des Zweiten Weltkriegs wurde er jedoch von der US-Luftwaffe bombardiert, wodurch der Turm beschädigt wurde. 1962 wurde er zu einem Betonturm umgebaut. Während des Wiederaufbaus wurde die Höhe des Turms stark reduziert, um die Empfangsfähigkeit der nahen gelegenen Radarstation von der Luftwaffe zu verbessern. Der Leuchtturm ist jetzt nur 14,3 Meter hoch.

Im Norden Taiwans tritt im Herbst und Winter häufig dichter Nebel auf, deshalb ist das Äußere des Leuchtturms mit schwarz-weißen parallelen Streifen bemalt. So können die Leute auf den Schiffen auch im Nebel den Leuchtturm erkennen. Das 1981 angebrachte Nebelhorn war übrigens Taiwans erstes Schifffahrtszeichen. Im August 2015 wurde der Fuguijiao Leuchtturm offiziell für Besichtigung der Öffentlichkeit geöffnet.

Am anderen Ende der Insel liegt der Eluanbi Leuchtturm. Er befindet sich am Kap Eluanbi in Pingtung, dem südlichsten Punkt Taiwans. In dieser Gegend um Eluanbi gibt es viele versteckte Riffe. In der Vergangenheit stießen häufig Schiffe, die mit diesem Gewässer nicht vertraut waren, auf die Riffe und sanken. Viele Schiffe der USA und Japans hatten dort Unfälle und die Matrosen, die erfolgreich an Land fliehen konnten, wurden oft von den dortigen Einwohner*innen angegriffen. Dies führte 1867 zum sogenannten "Rover Zwischenfall", als die Schiffbrüchigen des us-amerikanischen Handelsschiffes Rover von einigen indigenen Bewohner*innen der Region getötet wurden, worauf die USA eine Militärexpedition nach Taiwan schickte. 1874 kam es dann zur „Japanischen Strafexpedition nach Taiwan", auch als

„Mudan-Zwischenfall" bekannt, bei der japanische Streitkräfte Taiwan angriffen. Die US-amerikanische und die japanische Regierung forderten deshalb die Regierung der Qing-Dynastie auf, dort einen Leuchtturm zu bauen.

Der Bau des runden, weißen Eisenturms wurde 1881 begonnen. Der Widerstand der lokalen indigenen Bevölkerung war jedoch heftig. Um Angriffe abwehren zu können, wurde eine Festung um den Leuchtturm herum gebaut mit Schießscharten und Stückpforten. Das macht den Eluanbi Leuchtturm zu dem einzigen bewaffneten Leuchtturm in Taiwan. Als China nach dem ersten Japanisch-Chinesischen Krieg Taiwan im Jahr 1895 an Japan abtreten musste, brannte die Armee der Qing-Dynastie den Leuchtturm nieder, bevor sie Taiwan verließ. 1898 wurde der Eluanbi Leuchtturm von den japanischen Kolonialherren wiederaufgebaut. 1904 wurde dann sogar eine Telefonleitung zum Leuchtturm gelegt. Im Zweiten Weltkrieg wurde der Leuchtturm jedoch durch Luftangriffe der US-Luftwaffe wieder zerstört.

Im Jahr 1947 baute die Regierung der Republik China den Leuchtturm wieder auf. Doch seine heutige Form erhielt er 1962 im Rahmen einer Renovierung, bei der auch die Originallichter durch eine leistungsstarke Fresnellinse ersetzt wurden. Mit 180 Candela, die 27 Seemeilen aufs Meer hinaus leuchten, ist der Eluanbi Leuchtturm der stärkste Leuchtturm Taiwans und wird auch das „Licht Ostasiens" genannt. 1992 wurde der Eluanbi Leuchtturm permanent der Öffentlichkeit zugänglich gemacht. Heute ist der darum gelegene Eluanbi Park Teil des Kenting Nationalparks und ein beliebtes Ausflugsziel.

Doch auch die anderen Leuchttürme Taiwans haben alle ihre eigenen Eigenschaften und sind einen Besuch wert.

4.8 霧峰林家花園

Das Herrenhaus und der Garten der Familie Lin in Wufeng ist der mächtigste Bau Mitteltaiwans im traditionellen chinesischen Stil.

　　霧峰林家為臺灣早期最有聲望的五大家族之一，在社會與教育、文化領域均有重要貢獻，堪稱臺灣唯一文武雙全之世家。其開臺祖先「林石」胼手胝足努力開墾，後因林爽文事件遭到波及，家人避走他鄉。其後分為「下厝」與「頂厝」兩系，後代子孫以「林獻堂」最為知名，他在日治時期認為必須為受壓迫之臺灣人民盡一己之力，因而為爭取臺灣人之政治、教育權力，及社會、文化之革新而奮鬥。而霧峰的林家花園，便是林家園林與宅邸建築群的總稱，目前開放的區域有下厝所屬的宮保第、大花廳及草厝等三個建築群。

4.8 Familie Lin in Wufeng und ihre Residenz

Die Familie Lin aus Wufeng in Zentraltaiwan war eine der wohlhabendsten Familien in Taiwan. Sie hat wichtige Beiträge in den Bereichen Gesellschaft, Bildung und Kultur geleistet. Während der japanischen Herrschaft galten die Familie Lin aus Wufeng zusammen mit den Familien Yan aus Keelung, Lin aus Banqiao, Yi aus Lugang und Chen aus Kaohsiung als die fünf einflussreichsten Familien in Taiwan.

Die Vorfahren der Familie Lin, die aus dem südlichen Fujian stammten, kamen im Jahre 1746 nach Taiwan. Die Anfänge waren allerdings nicht sehr verheißungsvoll. Das Oberhaupt der Familie, Lin Shi (林 石), wurde von den Behörden verdächtigt, an der Rebellion von Lin Shuangwen gegen die Qing-Dynastie beteiligt gewesen zu sein, und wurde festgenommen. Doch die nachfolgenden Generationen hatten mehr Erfolg. Dabei taten sich viele Vertreter der Familie Lin während der nächsten etwa 100 Jahre als Soldaten hervor. So kämpften sie gegen die Taiping-Rebellen oder führten die lokalen Streitkräfte beim Chinesisch-Französischen Krieg gegen die französischen Truppen. Später dann, etwa ab den 1880er Jahren wurden sie auch als Geschäftemacher immer erfolgreicher. In den 1890er Jahren kontrollierte sie z. B. den Export von Kampfer in Taiwan und machte dadurch beträchtliche Gewinne. Aber auch politisch und gesellschaftlich taten sich Mitglieder der Familie hervor. Als Taiwan japanische Kolonie wurde, setzte sich z. B. Lin Xiantang (林獻堂), für die Rechte der taiwanischen Bevölkerung ein.

Die Geschichte der Familie Lin aus Wufeng ist ein beeindruckendes Zeugnis talentierter und wichtiger Personen, doch heutzutage ist es eher ihre Residenz in Wufeng, die das Interesse der Touristen weckt. Sie gilt als die größte und vollständigste traditionelle Anlage in Taiwan und kann aufgrund ihrer Größe in drei Teile unterteilt werden, nämlich das Obere Herrenhaus (頂厝), das Untere Herrenhaus (下厝) und der Lai-Garten (萊園). Dabei sind das Obere und das Untere Herrenhaus nicht nur verschiedene Teile des Anwesens, sondern repräsentieren auch die beiden verschiedenen Zweige der Lin-Familie von Wufeng.

Das Untere Herrenhaus besteht aus der Grasshalle (草厝), dem Gong-Bao-Di (宮保第), der Großen Blumenhalle (大花廳) und dem Erfangcuo (二房厝). Das Äußere des Gebäudes zeugt von einer schlichten Eleganz und enthält die einzige verbleibende offizielle

Die Große Blumenhalle (大花廳) ist mit einer Theaterbühne ausgestattet.

Residenz aus der Qing-Ära in Taiwan. Das Obere Herrenhaus umfasst das Yi-Pu (頤圃), das Hibiskus-Spiegel-Studio (蓉鏡齋) und das Jingxunlou (景薰樓). Im Gegensatz zum Unteren Herrenhaus sind diese Gebäude hell und prächtig und dienten als literarische Unterkunft. Schließlich ist da noch der Lai-Garten mit seiner ruhigen, klassischen Atmosphäre. Zusammen mit dem Wu-Garten in Tainan, dem Beiguo-Garten in Hsinchu (新竹北郭園) und dem Herrenhaus und Garten der Familie Lin in Banqiao ist der Lai-Garten auch als die "Vier großen Gärten Taiwans" bekannt (臺灣四大名園).

4.9 九份

Ein Ort mit bewegter Geschichte ist Jiufen heutzutage ein beliebtes Ausflugsziel.

　　九份位於臺灣東北部，臨山靠海，與基隆山遙望；整個小鎮座落於山坡地上，也因此形成了獨特的山坡和階梯式建築景觀。日治時代，大量的黃金被輸往日本，致使九份產金量達到顛峰，並隨著金價上漲，締造了「亞洲金都」繁華絢麗的輝煌盛況，當時由海上遙望九份聚落，燈火燦爛，時人稱之為「小上海」、「小香港」。臺灣光復之後，九份金礦因前期開採殆盡，產量大幅下滑，九份因而逐漸沒落。之後，隨著電影《悲情城市》一片在威尼斯影展中造成轟動，這個沒落數十載的山城，又三度勾起了人們的注視與回憶。

4.9 Jiufen und seine Umgebung

Jiufen (九份) ist ein Bergort im Bezirk Ruifang an der Nordostküste Taiwans und liegt südöstlich der Hafenstadt Keelung. Die ganze Stadt befindet sich am Hang, bzw. ist tatsächlich stufenartig in den Hang gebaut. Jiufen heißt soviel wie "Neun Portionen", und es gibt verschiedene Erklärungen für die Herkunft des Namens. Eine davon ist, dass die Bewohner von Jiufen in den Anfangsjahren mit Kampferöl handelten. Das Kampferöl musste in einem großen Ofen raffiniert werden. In den früheren Zeiten wurden zehn Öfen als eine Portion bezeichnet, und in Jiufen gab es insgesamt 90 Öfen, also neun Portionen. In einer anderen Erzählung bestand der Ort zunächst aus neun Haushalten. Wenn Versorgungslieferungen über den Seeweg kamen, forderten die Haushalte zusammen „neun Teile" an. Und somit wurde Jiufen später zum Namen des Ortes.

Heute ist Jiufen aufgrund seiner Lage und Geschichte ein beliebter Touristenort, doch entwickelt hat sich der Ort als Goldgräberstadt. Bevor Arbeiter 1889 beim Bau der Eisenbahnstrecke Keelung-Taipeh Gold in der Gegend um Jiufen entdeckten, war es ein abgelegener, unbedeutender Ort. 1892 und 1893 wurden in Jiufen sowie im nahen Ort Jinguashi (金瓜石) Goldminen entdeckt wurden, was zu einem Goldrausch führte, der den verschlafenen Ort zu einer belebten Stadt wachsen ließ. Den Höhepunkt des Goldabbaus erlebte Jiufen während der japanischen Kolonialzeit. Zusammen mit Jinguashi und Wudankeng (武丹坑) wurde Jiufen zu einer der drei größten

Goldabbaugebiete Taiwans und die jährliche Goldproduktion war damals mit der Japans vergleichbar. Außer Gold wurde in der Region aber auch Silber, Kupfer und Kohle gefördert. In den späten 1930er Jahren und besonders während des Zweiten Weltkrieges nahm der Goldbergbau ab und der Kupferabbau zu. Ein trauriges Kapitel in der Geschichte der Region begann, als in Jinguashi das Kriegsgefangenenlager Kinkaseki errichtet wurde. Dort wurden etwa 1000 alliierte (hauptsächlich britische) Kriegsgefangene interniert, die unter unmenschlichen Bedingungen im nahen Kupferbergwerk arbeiten mussten.

Die Erzförderung nahm nach dem Zweiten Weltkrieg ab, bis das Bergwerk schließlich im Jahre 1971 geschlossen wurde. Jiufen verlor schnell an Bedeutung und geriet zeitweise in Vergessenheit. Erst als 1989 der Regisseur Hou Hsiao-hsien (侯孝賢) mit seinem Film „Die Stadt der Traurigkeit", der in Jiufen spielt, einen Kassenschlager landete, wurde Jiufen wieder ins Gespräch gebracht. Mit seinen nostalgischen Bildern von den Gebäuden, den Hängen und der Umgebung erregte dieser Film die Aufmerksamkeit aus dem In- und Ausland und brachten wieder Vitalität in diese Gegend. Heutzutage ist Jiufen eines der beliebtesten Touristenziel Taiwans und zieht vor Allem am Wochenende eine Vielzahl von Touristen aus Taipeh aber auch aus anderen Gegenden Taiwans an. Außerdem ist es bei japanischen Touristen beliebt, da Jiufen oft als Drehort im Hayao Miyazakis Film „Chihiros Reise ins Zauberland" angesehen wird. Obwohl Hayao Miyazaki selbst dieses schöne Missverständnis 2013 während eines Interviews mit taiwanischen Medien verneint hat, hält sich diese Geschichte bei vielen.

Die Kishan-Straße ist die belebteste alte Straße in Jiufen. Auf der 800 Meter langen Straße befinden sich über 200 Geschäfte. Außer Tee- und Kaffeehäusern, sowie Souvenirläden gibt es auch aneinander gereihte kleine Essensstände, die Snacks wie zum Beispiel Taro-, Fleisch- oder Fischbäll-chen anbieten. Zudem sind die umgebenden Berge mit Wanderwegen gut erschlossen, auf denen man einen Ausblick auf die Ortschaften, die Über-reste der Bergwerksanlagen und das naheliegende Meer hat. Eine besondere Attraktion sind die goldenen Wasserfälle. Mineralhaltiges Bergwasser sorgt

dafür, dass das Wasser gelb eingefärbt wird und in einem goldenen Licht erscheint. Ein Besuch im Goldmuseum und in einem echten Bergwerksstollen bringt einem die Geschich-te des Bergbaus und des Goldrausches näher.

Eine besondere Attraktion sind die goldenen Wasserfälle in der Nähe von Jiufen.

Mit den alten Minen, deren Geschichte und Kultur bis heute allgegen-wärtig sind und einen Einfluss auf die Landschaft ausüben, wurde Jiufen im Jahre 2012 zu einer von zehn Tourismusstädten Taiwans gewählt.

4.10 金門

　　金門，一個孤懸在臺灣海峽兩岸間的小島，由於其地理位置的關係，在許多人心中的印象，都與戰爭脫不了關連，例如舉世聞名的八二三砲戰，連續 44 天幾乎不間斷，44 萬多發砲彈的猛烈轟擊，至今仍讓許多金門人記憶深刻。

　　提到金門的觀光景點，由於地形的緣故，金門一年中東北風長達九個月，早期先民在此放置風獅爺，來鎮風防煞，形成金門隨處可見風獅爺的有趣景象。此外，由於軍管時期高度管制的緣故，四處可見軍事防禦建築，是見證歷史的痕跡。這裡同時保存了閩式的古厝聚落、巴洛克式的洋樓，發思古之幽情。無論是歷史建築、風獅爺、戰史紀念館、坑道、在地美食等，這些都在金門留下珍貴的歷史痕跡，讓後人能夠感受其特有的魅力。

Auf Jinmen gibt es heute noch viele Spuren der kriegerischen Auseinandersetzungen zwischen der Volksrepublik China und der Republik China.

4.10 Jinmen

Kinmen oder Jinmen (金門) ist eine Inselgruppe vor der Küste der chinesischen Provinz Fujian und liegt gegenüber der Hafenstadt Xiamen. Sie besteht aus den Inseln Groß-Quemoy (大金門), Klein-Quemoy (小金門) und 12 weiteren kleinen Inseln. Früher war Kinmen bekannt als Wuzhou (浯洲). Wegen seiner außergewöhnlich bedeutenden Topographie gab es einen Spruch: „So fest wie ein goldener Stadtgraben" (固若金湯). Daher stammt auch der Name Kinmen (金 = Gold/golden; 門 = Tür/Tor). Der langanhaltende Nordostmonsun bringt dort häufig Windschäden. Deshalb befinden sich vielerorts auf der Insel zum Schutz vor starkem Wind Figuren des Windlöwen (風獅爺), der das Wahrzeichen Kinmens geworden ist.

Der „Windlöwe", das Wahrzeichen Kinmens, soll als Schutzpatron die Inseln gegen die starken Winde schützen.

Im Gegensatz zu Taiwan und den Penghu-Inseln gehörte Kinmen zwischen 1895 und 1945 nicht zu Japan, sondern blieb Teil der Provinz Fujian, und damit weiterhin Teil des Qing-Kaiserreichs bzw. ab 1912 der Republik China. Nach dem chinesischen Bürgerkrieg kam es auf Kinmen, das unter der Kontrolle der Republik China blieb, immer wieder zu kriegerischen Auseinandersetzungen zwischen der Volksrepublik China und der Republik China. Am 25. Oktober 1949 griff die Volksbefreiungsarmee das erste Mal

Kinmen an. In der folgenden „Schlacht von Guningtou" konnte der Angriff der Volksbefreiungsarmee mit amerikanischer Waffenhilfe erfolgreich abgewehrt werden. Der nächste Angriff durch die Volksbefreiungsarmee erfolgte im Jahre 1950, als 298 Soldaten der Republik China in der „Schlacht des Wagemuts" 700 Soldaten der Volksbefreiungsarmee zurückschlugen. 1954 und 1958 führte die Volksbefreiungsarmee monatelange Bombardements und Artilleriebeschüsse von Kinmen durch. Im Verlauf wurden 470.000 Granaten abgefeuert und schwere Verluste verursacht. Die Angriffe auf Kinmen hielten noch bis Mitte der 1970er Jahre an. Erst als die Volksrepublik China Mitglied der Vereinten Nationen (UNO) wurde und die Republik China, Gründungsmitglied der UNO, unmittelbar vor der Abstimmung über die Aufnahme der VR China aus der UNO austrat, wurde der Beschuss mit Raketen und Granaten auf Druck der UNO eingestellt. Am 7. November 1992, nachdem sich die Spannungen zwischen beiden Seiten abgeschwächt hatten, verkündete das Verteidigungsministerium die Aufhebung des Kriegsrechts in Kinmen. Damit endete auch in Kinmen offiziell das Kriegsrecht und in den folgenden Jahren wurde Kinmen wieder taiwanischen Touristen zugänglich gemacht, ehe im Jahre 1995 der „Nationalpark Kinmen" gegründet wurde.

2003 öffnete sich Kinmen dann auch für Touristen aus der südchinesischen Provinz Fujian. Heute ist die Inselgruppe ein beliebtes Wochenendreiseziel für Taiwaner*innen und Chines*innen, bekannt für ihre ruhigen Dörfer, ihre alte Architektur und ihre Strände. Chinesische und taiwanische Reisegruppen besuchen die Insel auf dem Weg von der Fähre zum Flughafen als Zwischenstopp zwischen China und Taiwan. Große Teile von Kinmen bilden den Kinmen-Nationalpark, in dem man militärische Befestigungen und Strukturen, historische Behausungen und Naturlandschaften besichtigen kann. Auf Kinmen gibt es eine Vielzahl von Museen, historischen und religiösen Gebäuden sowie eine interessante Natur. So ist Kinmen auch ein Paradies für Vogelbeobachtung.

4.11 國立故宮博物院

Mit seinen gelben Firsten, seinem grünen Dach aus glasierten Ziegeln und seinen Fassaden aus beigefarbenen, unglasierten Fliesen ist das Nationale Palastmuseum in Taipeh unverkennbar.

　　故宮博物院是臺灣最具規模的博物館，位在臺北市士林區。特別的是，此機構隸屬於行政院的中央二級機關，院長直接由上級指派。故宮的前身為北京紫禁城的古物陳列所，然而面臨抗日戰爭和國共內戰所導致的動盪局面，曾三番兩次遷移文物，最終定址於臺北。

　　故宮主建築於 1965 年建成，是帶有古代中國宮廷風格的明堂建築，配上黃色正脊和綠色琉璃瓦屋頂，2020 年經臺北市文化資產審議委員會決議，被登錄為歷史建築。院內收藏了繪畫、書法、銅器、瓷器、玉器、書籍等，其中在民間流傳最為著名的故宮三寶為「翠玉白菜」、「肉形石」和「毛公鼎」。2015 年，故宮南院在嘉義開幕，展出亞洲的藝術品和相關文物。

4.11 Das Nationale Palastmuseum

Das Nationale Palastmuseum im Taipeher Bezirk Shilin ist das bedeutendste Museum in Taiwan. Es beherbergt nicht nur die weltweit größte Sammlung chinesischer Kunstwerke, sondern ist auch ein Forschungsinstitut für alte chinesische Kunstgeschichte und Sinologie. 2015 rangierte das Nationale Palastmuseum unter den meistbesuchten Kunstmuseen der Welt auf Platz sechs.

Tatsächlich wurde das Nationale Palastmuseum im Jahr 1925 in Peking gegründet und die fast 700.000 Kunstwerke, die sich heutzutage in Taiwan befinden, haben eine lange Irrfahrt hinter sich. Nach dem Mukden-Zwischenfall am 18. September 1931 entschied Chiang Kai-shek die wertvollsten Stücke aus der Stadt evakuieren zu lassen, damit sie nicht in die Hände der kaiserlichen japanischen Armee fielen. So wurden 1933 fast 20.000 Kisten mit Kunstwerken nach Shanghai gebracht, ehe sie 1936 weiter nach Nanking geschickt wurden. Als die kaiserliche japanische Armee während des Zweiten Japanisch-Chinesischen Krieges weiter ins Landesinnere vordrang, wurde die Sammlung bis zur Kapitulation Japans im Jahr 1945 über drei Routen nach Westen an verschiedene Orte, darunter Anshun und Leshan, gebracht. Im Jahr 1947 wurde sie schließlich wieder nach Nanjing zurückgebracht.

Aufgrund des folgenden chinesischen Bürgerkriegs wurden die wichtigsten Kulturgüter ab 1948 dann nach Taiwan geschickt. Ursprünglich wurden diese Artefakte in der Zuckerfabrik in Taichung gelagert und ein Ausstellungsraum, ein Lagerraum für Kulturgüter und ein Büro wurden am Fuße des Beigou Berges in der Gemeinde Wufeng im Landkreis Taichung errichtet. Jedoch war der Beigou Ausstellungsraum so abgelegen und klein, dass er kaum Besucher*innen anzog. Daher wurde 1959 beschlossen, ein modernes Museum in Taipeh zu bauen. Eröffnet wurde es am 12. November 1965 an seinem heutigen Standort im Bezirk Shilin in Taipeh. Obwohl zunächst einem anderen, eher modernen Design der Zuschlag gegeben wurde, sollte letztendlich auf Geheiß des Präsidenten und des Vizepräsidenten ein Gebäude im chinesischen Palaststil errichtet werden. Das Ergebnis war ein Mingtang-Gebäude mit gelben Firsten und grünem Dach aus glasierten Ziegeln. Die Außenwände werden von einer Fassade aus beigefarbenen, unglasierten Fliesen geschmückt.

In den Folgejahren wurde das Palastmuseum mehrfach erweitert, um die Ausstellungsfläche zu vergrößern. Seit den 1980er Jahren wird die wissenschaftliche Ausstattung und die digitale Technologie immer wieder auf den neuesten Stand gebracht und der internationale Kunstaustausch gefördert. Dazu arbeitet das Museum auch mit Universitäten und Hochschulen zusammen, um systematische Forschungen zur Identifizierung von Kulturrelikten mit wissenschaftlichen Methoden durchzuführen. Seit Juli 2007 ist das Palastmuseum am Wochenende auch nachts für Besucher*innen geöffnet, und die Besucherzahlen steigen von Jahr zu Jahr. Am 31. August 2020 wurde das Nationale Palastmuseum in Taipeh als historisches Gebäude registriert.

Die Sammlung ist sehr groß und vielfältig, und umfasst Gemälde, Kalligraphie, Bronzen, Keramik, Jade, Lack, Textilien, Schnitzereien, Münzen, Bücher, Archivdokumente und vieles mehr. Drei besondere Schätze des

Nationalen Palastmuseums sind drei Tuschmalereien aus der Nördlichen Song-Dynastie, einschließlich des Bildes "Vorfrühling" (早春圖) von Guo Xi. Bekannter sind aber vielleicht der Jadekohl (翠玉白菜) und der Fleischstein (肉形石), die zusammen mit dem rituellen Ding-Gefäß des Herzogs Mao (毛公鼎) „Die drei Schätze des Nationalen Palastmuseums" (故宮三寶) genannt werden.

Für den Jadekohl mit zwei Insekten auf den Blättern wurde die natürliche Farbe von Jade ausgenutzt, um die Farbe eines Kohles darzustellen. Der Fleischstein ist ein Stück natürlich vorkommender Achat, der durch verschiedene Arbeitsschritte die Farbe eines echten Stück Fleisches verliehen wurde. Das Mao Gong Ding, das Ding-Gefäß des Herzogs Mao ist ein Dreifuß aus Bronze, auf dessen Innenseite eine Inschrift mit 500 Schriftzeichen eingraviert ist.

Am 28. Dezember 2015 wurde das Südliche Zweigmuseum des Nationalen Palastmuseums in Chiayi eröffnet. Es konzentriert sich auf den Erwerb, die Forschung, die Ausbildung und die Ausstellung von asiatischer Kunst und Artefakten.

2015 wurde das Südliche Zweigmuseum des Nationalen Palastmuseums in Chiayi eröffnet.

4.12 孔廟

Die Ta Cheng Halle in Tainans Konfuziustempel, dem ältesten Konfuziustempel Taiwans. (Bild: Ilon Huang)

　　孔子是中華文化圈中一位相當重要且影響深遠的哲學家，同時也是、教師。許多中國人聚集的地方都設有孔廟，臺灣也不例外。臺灣最古老的孔廟座落於臺南，為 17 世紀鄭成功之子鄭經下令設立。在歷代政權的交替之下，臺南的孔廟不僅是祭祀的場所，同時也是學校，因此有「全臺首學」之稱。除了臺南，臺灣在臺北、彰化、高雄等地，也都有頗具傳統的孔廟。

4.12 Konfuziustempel

Konfuzius war einer der wichtigsten Philosophen und Lehrer im chinesischen Kulturkreis, vielleicht der einflussreichste, und fast überall, wo sich Chines*innen längerfristig niederließen, errichteten sie auch Konfuziustempel. So ist es kein Wunder, dass sich auch in Taiwan viele Konfuziustempel finden, die fast alle sowohl als Ort der Verehrung von Konfuzius wie auch als Bildungseinrichtung verwendet wurden.

Der älteste Konfuziustempel befindet sich im südtaiwanischen Tainan, der 1665 auf Befehl von Koxingas Sohn, Cheng Ching erbaut wurde. Dort wurde nicht nur Konfuzius verehrt, sondern Vorlesungen gehalten und Intellektuelle gefördert. Während der Qing-Dynastie war er das erste Lerninstitut für Kinder. Daher wird der Tempel auch die erste Akademie Taiwans genannt.

Die alten roten Mauern, die den Konfuziustempel umgeben, die Straßen und Gassen rund um den Tempel, die alte Häuserblocks und historische Stätten wie das Große Südtor (大南門), die Fuzhong-Straße (府中街) und den Koxinga-Schrein (延平郡王祠) miteinander verbinden, versetzen Besucher und Besucherinnen in eine vergangene Zeit.

Im Tempelgelände ist die elegante Dacheng-Halle mit ihrem ungewöhnlich hohen, zweischiffigen Dach und der Minipagode, wohl die bedeutendste der Hallen, Pagoden und Höfe. Wenn man die Erziehungshalle betritt, sieht man auf der rechten Seite eine Steintafel, die die Schulregeln erklärt, wie z. B. das Verbot von Glücksspiel, Trinken und Betrug. Der Tempel ist Teil einer größeren Kulturzone, zu der auch ein renoviertes japanisches Dojo aus dem Jahr 1926, in dem einst die Polizei trainierte. Auf der anderen Straßenseite des Tempeleingangs befindet sich ein Steinbogen, der 1777 von Maurern in Quanzhou, Fujian, geschaffen wurde. Er ist jetzt das Tor zu einer Fußgängerzone mit Cafés und kleinen Restaurants.

Andere bekannte Konfuziustempel befinden sich z. B. in Taipeh, Chang Hwa oder Kaohsiung, die alle einen Besuch wert sind, insbesondere, wenn man einen ruhigen Ort sucht, wo man sich zurückziehen kann. Im Vergleich zu anderen Tempeln in Taiwan zeichnen sich die Konfuziustempel durch eine ruhige, unaufdringliche Atmosphäre aus.

Proben für eine Aufführung im Taipeher Konfuziustempel. (Bild: Ilon Huang)

4.13 荷蘭人在臺南

Der Chihkan Tower, ein Überrest des ehemaligen Forts Provintia im südtaiwanischen Tainan. (Bild: Ilon Huang)

　　17 世紀荷蘭東印度公司積極拓展東南亞及東亞的貿易市場，以巴達維亞（今雅加達）為中心，先後嘗試於澳門、澎湖等地建立據點，1624 年終於在臺灣南部落腳，進行長達 38 年的殖民事業，直到 1662 年為鄭成功所驅離。這段所謂的荷蘭時期，如今僅在臺南的安平留下較顯著且耐人尋味的痕跡：當年的「熱蘭遮城」以及「普羅民遮城」，歷經明鄭、清國、日本及中華民國等政權，變成今日的「安平古堡」及「赤崁樓」，物換星移之間，僅留絲絲的悠古之情。

4.13 Niederländische Spuren in Tainan

• •

Nachdem die Bemühungen der Niederländischen Ostindien-Kompanie, Handelsstationen in Macau und auf den Penghu-Inseln zu etablieren, aufgrund des Widerstandes der chinesischen Ming-Regierung fehlschlug, entschloss man sich, in den 1620er-Jahren eine Kolonialstadt im heutigen südtaiwanischen Tainan zu errichten. Von 1624 bis 1662, als Koxinga (Zheng Cheng Gong/ 鄭 成 功) die Niederländer aus Taiwan vertrieb, benutzte die Niederländische Ostindien-Kompanie die Gegend des heutigen Bezirks Anping (安平) in Tainan als das Zentrum des holländischen Handels zwischen China, Japan und Europa. Spuren der niederländischen Zeit sind auch heute noch in Anping zu sehen. Insbesondere die Forts Zeelandia und Provintia.

Fort Zeelandia, auf Chinesisch Anping Gubao (安 平 古 堡), wurde von der Niederländischen Ostindien-Kompanie (VOC) von 1624 bis 1634 im heutigen Bezirk Anping, Tainan gebaut. Fort Zeelandia diente als Sitz des Gouverneurs und der Hauptverwaltung der VOC auf Formosa.

Dieses Denkmal zu Erinnerung an die Kapitulation der niederländischen VOC vor Koxinga befindet sich im ehemaligen Fort Provintia. (Bild: Ilon Huang)

Fort Zeelandia bestand aus einem "inneren Fort" und einem "äußeren Fort". Für den Bau wurden Ziegel aus Java gebracht, und der Mörtel bestand aus einer Mischung aus Zucker, Sand, gemahlenen Muscheln und Klebreis. Viele dieser Ziegel oder Steine wurden später abgetragen, um für andere Gebäude benutzt zu werden. Doch ein Teil der Originalmauern steht heute noch. Insgesamt durchlief das Fort sowohl während der Qing-Dynastie als auch während der japanischen Kolonialzeit viele Veränderungen, die zum heutigen Aussehen von Fort Zeelandia führten. So wurde 1930 im Fort ein Herrenhaus im westlichen Stil gebaut, das der Zollverwaltung als Unterkunft diente und heute als Museum verwendet wird. Auch in der japanischen Kolonialzeit wurde ein Aussichtsturm erbaut, der in den 1970er Jahren seine heutige Form erhielt und das Fort überragt und weithin sichtbar ist. Andere Sehenswürdigkeiten sind Überreste der Befestigungen und Geschütze aus verschiedenen Epochen.

Fort Provintia, auch Chihkan Tower (赤 嵌 樓) genannt, wurde im Jahr 1653 erbaut, als Antwort auf den Guo Huaiyi-Aufstand (郭懷一事件) im Jahr 1652. Dabei handelte es sich um einen Aufstand chinesischer Bauern gegen die niederländische Herrschaft in Taiwan. Als Antwort auf den Aufstand errichteten die Niederländer nach der Niederschlagung das Fort, um ihre Position zu stärken. Als Koxinga die Niederländer in Taiwan angriff, nahm er 1661 zunächst Fort Provintia ein, ehe die Niederländer 1662 auch Fort Zeelandia aufgeben und Taiwan verlassen mussten.

Nach der Übernahme Taiwans benutzte Koxinga Fort Provintia zunächst noch als Verwaltungssitz. Doch als Taiwan im Jahr 1683 an die Qing-Dynastie fiel, wurde das Fort zunächst nur noch als Munitionsdepot genutzt und verfiel im Laufe der Zeit zusehends. Außerdem wurden Teile des Forts als Baumaterial für andere Gebäude verwendet. Erst in der zweiten Hälfte des 19. Jahrhunderts errichtete die Qing-Verwaltung hier neue Gebäude, wie den Haishen-Tempel, der Wenchang-Pavillon, eine Privatschule und zwei Schreine. Diese Gebäude wurden während der japanischen Kolonialzeit als Lazarett und Studentenwohnheim genutzt. Die nach dem Zweiten Weltkrieg, als die Republik China die Regierung über Taiwan übernahm, mehrfachen Renovierungen verliehen dem alten Fort aus niederländischer Zeit sein heutiges Aussehen.

So kann man heute sowohl im Fort Provintia als auch im Fort Zeelandia Spuren aus den Zeiten der Niederländischen Ostindien-Kompanie, Koxingas, der Qing-Dynastie und der japanischen Kolonialzeit erleben. Inzwischen wurden beide Forts zu einer historischen Sehenswürdigkeit ersten Ranges ernannt.

第 5 章

Natur und Landschaften
自然景觀

Bilder: Ilon Huang

5.1 賞鳥

Taiwan ist ein Paradies für die Vogelbeobachtung. (Bild: Ilon Huang)

　　臺灣，是亞洲著名的「交會的所在」。歐亞板塊與菲律賓板塊、東亞與東南亞在這裡交集分界；也位於世界九大候鳥遷徙線之一，東亞澳洲候鳥遷徙線的正中間。加上臺灣高低的地形落差，使臺灣擁有熱帶、亞熱帶、溫帶的氣候特色，造就眾多生物種類，其中以鳥類生態最為豐富，讓臺灣成為聞名世界的賞鳥天堂。臺灣共有 379 種鳥類，全球排 95 名，雖然這數字並不起眼，但其中 29 種，全世界只有臺灣看得到，也就是所謂的「臺灣特有種」。例如，印在千元大鈔的「國鳥」帝雉，以及藍腹鷳、金翼白眉、黑尾帝雉等。

5.1 Vogelbeobachtung

Die Geographie und Geologie Taiwans sorgt für eine so vielfältige Flora und Fauna, dass das Land auch für Naturfreunde einiges zu bieten hat. So liegt Taiwan global auch auf einer der neun wichtigsten Migrationsrouten für Zugvögel und kombiniert mit der besonderen Landschaft des Landes ist Taiwan nicht nur Heimat zahlreicher endemischer Tier- und Vogelarten, sondern dient auch als wichtiger Treffpunkt für Zugvögel. Daher ist Taiwan ein Paradies für die Vogelbeobachtung.

Taiwans Vogelarten haben eine einzigartige Artendichte, die als Asiens Nr. 1 bekannt ist. Auf der Website von „Bird Life International" werden insgesamt 379 einheimische Vogelarten aufgelistet, womit Taiwan den 95. Platz weltweit belegt. Diese Zahl selbst ist nicht so spektakulär. Was jedoch bemerkenswert ist, ist, dass 29 Arten von ihnen endemische Vogelarten sind, die nur in Taiwan zu beobachten sind, wie zum Beispiel der Mikadofasan, die taiwanische blaue Elster, der Taiwan-Bartvogel („Fünffarbenvogel"), die gelbe Taiwanmeise und so weiter. Die meisten dieser wunderschönen Vögel bewohnen subtropische Wälder, Wiesen, Laubwälder und Nadelwälder. Doch wurden ihre natürlichen Lebensräume von vielen menschlichen Aktivitäten zerstört, weshalb einige dieser Vogelarten heute vom Aussterben bedroht sind. Durch die Bemühungen von

Der Dickschnabelkitta (臺 灣 藍 鵲) gilt als inoffizieller „Nationalvogel" Taiwans. (Bild: Ilon Huang)

NGOs sowie der Regierung werden nun entsprechende Maßnahmen ergriffen, um die Vögel zu schützen.

Sogar auf der Rückseite des blauen 1,000-NT-Dollarscheins sind zwei Vögel abgebildet. Dies sind Swinhoefasane, die allgemein als taiwanische Blaufasane bekannt sind und unter anderem auch als inoffizielles nationales Symbol für Taiwan gelten. Sie leben in Taiwans Zentralgebirge, das ständig von Wolken und Nebel umgeben ist. Da sie scheu und stets wachsam sind, wird man sie erst nach Nebel oder leichtem Regen in ihrer Schönheit und Anmut am Waldrand entdecken können. Daher werden sie auch „König im Nebel" genannt.

Zwischen Oktober und Februar ist die beste Zeit für Vogelbeobachtungen in Taiwan, wenn die Wandersaison auf ihrem Höhepunkt ist. Die Saison beginnt mit der Ankunft der Schwarzgesichtigen Löffler. Sie sind eine weltweit vom Aussterben bedrohte Vogelart mit einer Gesamtzahl von nicht mehr als 3,000. Jedes Jahr fliegen über 1,000 Schwarzgesichtige Löffler nach Südtaiwan, um dort den Winter zu verbringen. Diese nachtaktiven Vögel sammeln sich tagsüber an offenen Stränden oder bei Fischblasen in Gruppen, um sich auszuruhen. Aufgrund des geraden Halses und einer eleganten Haltung während des Fluges werden sie auch als „schwarzgesichtige Tänzer" bezeichnet. Um die Vögel zu schützen und zu erhalten, wurde schließlich im Jahre 2009 der Taijiang-Nationalpark gegründet. Heutzutage ist die Region Taijiang in Tainan der Winterlebensraum für die weltweit meisten Schwarzgesichtigen Löffler.

Taiwan ist mit einer vielfältigen und erstaunlichen Natur gesegnet. Zu unterschiedlichen Jahreszeiten kann man an den verschiedensten Orten im Gebirge und im Flachland, an Flüssen und am Meer diverse Arten gefiederter

Besucher beobachten. Wenn man sich für die Vogelbeobachtung interessiert, sollte man einmal im Leben nach Taiwan kommen, um die vielfältigen migrierenden und die endemischen Vogelarten mit eigenen Augen zu sehen

5.2 泡溫泉

Beim Baden in heißen Quellen hat man oft einen Blick auf eine malerische Landschaft.

　　臺灣位於菲律賓板塊與華南板塊的交界處，屬於環太平洋地震帶上的島國，至今仍有許多地熱活動，此外臺灣也有多處的火山，在如此特殊的地質環境下，臺灣全島遍佈著大大小小的溫泉。最早有關臺灣溫泉的記載出現於十七世紀末，然而大多數的溫泉則是在日治時期被開發的，也是日本人引進了泡溫泉文化。臺灣溫泉的種類多元，包含硫磺、碳酸鹽，與泥漿溫泉等，各種溫泉皆有不同的功效。此外，溫泉也為臺灣觀光產業帶來正面影響，臺北的陽明山、北投，宜蘭的礁溪，臺南的關子嶺，和臺東的知本，都是以溫泉聞名的觀光區。

5.2 Baden in heißen Quellen

Taiwan liegt an der Kollisionszone zwischen der Philippinischen Platte und der Eurasischen Platte. Das Resultat sind spektakuläre steile Bergen aber auch Erdbeben und Vulkane. Die Vulkane gelten heute alle als erloschen, jedoch gibt es immer noch aktive Magmaherde, ein Umstand, dem Taiwan zahlreiche heiße Quellen verdankt.

Die erste Erwähnung heißer Quellen Taiwans stammt aus einem Manuskript vom Ende des 17. Jahrhunderts. Doch erst als ein deutscher Kaufmann im Jahr 1894 heiße Quellen im heutigen Beitou, Taipeh, entdeckte und dort

Das Baden in heißen Quellen entspannt Körper und Geist.

ein kleines Kurbad gründete, begann die Entwicklung heißer Quellen für den Tourismus. Richtig in Schwung kam die Nutzung heißer Quellen jedoch erst mit dem Beginn der japanischen Kolonialzeit. Die neuen Herrscher Taiwans brachten ihre Liebe für heiße Quellen mit nach Taiwan und schnell wurden zahlreiche Hotels und andere Einrichtungen um die Thermalquellen in Taiwan errichtet. Ein Grund war, dass sich das japanische Militär darin entspannen konnte. Doch auch für die Zivilbevölkerung, insbesondere die japanische, waren die heißen Quellen ein beliebter Aufenthaltsort. Nach der japanischen Kolonialzeit erschloss man Badeorte hauptsächlich, um geologische Erkenntnisse zu gewinnen. Erst nach 1990 wurden die heißen Quellen Taiwans durch die Medien und Reiseprogramme wieder berühmter und man begann erneut, den Tourismus um die heißen Quellen zu entwickeln. Dabei wurde das Geschäftsmodell japanischer heißer Quellen als Beispiel herangezogen, und es dauerte nicht lange, bis sich der Tourismus um die Thermalquellen Taiwans entwickelt hatte.

Es gibt in Taiwan viele verschiedene Arten von heißen Quellen, einschließlich Schwefel-, Natriumcarbonat-, Schlamm- und eisenhaltiger Bäder. Jede Art von Thermalquelle hat ihre eigenen Wirkungen. Man kann auch auf unterschiedliche Weise baden. Die verbreitetste Weise ist es, mit anderen Leuten zusammen in einem großen, öffentlichen Bad zu baden. Wenn das Bad unter freiem Himmel liegt, muss man einen Badeanzug tragen. Aber es gibt auch Thermalquellen in Innenräumen, in denen man nackt baden kann. Männer und Frauen nutzen diese Quellen üblicherweise getrennt. Wenn man allein oder nur mit Familie und Freunden zusammen baden möchte, kann man auch ein kleines Zimmer mit eigenem Badebecken buchen.

In Taiwan befinden sich zahlreiche bekannte heiße Quellen, zum Beispiel im Yangmingshan-Nationalpark, in Beitou, Jiaoxi, Guanziling und Zhiben. Die Yangmingshan-Quellen liegen im gleichnamigen Nationalpark in der Hauptstadt Taipeh. Die drei Quellen dort enthalten unterschiedliche Mineralien und sind so populär, dass sie oft sehr voll sind. In den heißen Quellen in Beitou, ebenfalls in Taipeh, kann man in verschiedenen Schwefelquellen baden. Außerdem befindet sich dort ein Museum für heiße Quellen, in dem man mehr über die Geschichte der heißen Quellen finden kann. Die meisten Quellen hier befinden sich in den Bergen, und viele Hotels sorgen dafür, dass man beim Baden eine schöne Aussicht hat. Eine Besonderheit sind aber die heißen Quellen im osttaiwanischen Jiaoxi, Yilan, denn die Quellen dort liegen im Flachland. Das Wasser enthält Natriumhydrogencarbonat, das gut für die Hautpflege sein soll.

Es gibt aber auch berühmte heiße Quellen im Süden, wie beispielsweise Guanziling in Tainan. Die Quellen in Guanziling sind für ihren Schlamm berühmt. Dieser Schlamm ist ein Mix aus Wasser, Asche und Sand. Man glaubt, dass das Schlammbad gut für die Haut sei. In südosttaiwanischen Taitung befinden sich die Zhiben-Quellen, die wie die Quellen in Yilan Natriumhydrogencarbonat enthalten.

Die Entwicklung der heißen Quellen Taiwans hat den Tourismus positiv beeinflusst. Heutzutage reisen nicht nur Taiwaner*innen, sondern auch Ausländer*innen in diese Kurbadeorte, um sich zu entspannen und den Körper zu pflegen. Doch bevor man eine der vielen heißen Quellen Taiwans aufsucht, sollte man ein paar Dinge beachten. Wenn man hungrig oder sehr satt ist, sollte man ein Bad in den heißen Quellen vermeiden. Auch nach dem Trinken von Alkohol sollte man dort nicht baden. Direkt vor dem Baden reinigt man sich vor Ort. Wenn man in den Thermalquellen badet, sollte man auf die Zeit achten, die man im Bad verbringt. Es ist nicht gesund für das Herz und trocknet die Haut aus, wenn man zu viel Zeit in den Quellen verbringt. Außerdem sollte man nicht vergessen, regelmäßig Wasser zu trinken, weil der Körper während Badens Feuchtigkeit verliert. Solange diese Tipps befolgt werden, ist das Baden in heißen Quellen ein wahrer Genuss.

5.3 古道

Auf den historischen Wanderwegen spaziert man auf den Spuren der verschiedenen ehemaligen Bewohner Taiwans.

　　臺灣古道是泛指臺灣近代以前所開發的通行道路。長久以來，先民為生活之需或貿易之便，必須得穿梭於林間，翻越高山峻嶺，為突破地形的障礙及距離的阻隔，即開闢了道路，連絡起各地的交通。由於現今交通的發達，許多古道逐漸湮滅，幸而由於登山愛好者及地理歷史學者的研究及推廣，政府也開始著手整治，以作為觀光行銷及運動健身的道路。這些古道擁有著前人生活所留下的遺跡古物及歷史印記，通常具有歷史文化及學術研究之價值。

5.3 Historische Wanderwege

Historische Wanderwege sind Wege, die vor der Neuzeit entwickelt wurden. Schon in den alten Zeiten mussten die Menschen Wälder durch- und hohe Berge überqueren, um auf die Jagd zu gehen, in den Kampf zu ziehen oder einfach mit anderen Menschen Kontakt aufzunehmen. Auf diesen alten Routen kann man bis heute historische Spuren der frühen Bewohner*innen Taiwans finden. Sie sind deshalb für historische wie auch geographische Forschungen von Bedeutung, gleichzeitig laden sie zu Spaziergängen oder Wanderungen durch teilweise atemberaubende Landschaften ein.

Es gibt drei Hauptgründe für die Entstehung solcher Wege in Taiwan, nämlich die Bewegungen der indigenen Völker, die Besiedlung durch die Han-Chines*innen und die Überwachung der Kolonie durch die japanischen Kolonialherren.

Bevor die Han-Chines*innen in verschiedenen Wellen nach Taiwan kamen, bevölkerten unterschiedliche indigene Völker Taiwan seit Tausenden von Jahren. Wenn die Ressourcen knapp wurden, wanderten sie auf der Suche nach neuen Jagdgebieten oder Kulturland durchs Land, was zu internen Spaltungen innerhalb eines Stammes und auch zu Konflikten zwischen den Dörfern sowie den ethnischen Gruppen führte. Ab dem 17. Jahrhundert begannen die Han-Chines*innen Taiwan zu besiedeln, in den Anfängen in erster Linie die südlichen und westlichen Regionen. Dadurch wurden die indigenen Völker in diesen Gegenden gezwungen, ihre ursprünglichen Wohngebiete zu verlassen und sich in die tieferen Berge zurückzuziehen. Durch diese Verschiebungen bildeten sich in den Berggebieten allmählich feste

Routen, die zur Grundlage späterer Wanderwege wurden.

In den frühen Tagen waren die Han-Chines*innen hauptsächlich auf Wasserwegen unterwegs. Mit zunehmender Bevölkerung und der Besiedlung des Westteils der Insel wurden Landwege jedoch immer wichtiger. Daher begannen auch die Han-Chines*innen mit der Entwicklung von Wegen in den westlichen Ebenen und Hügeln.

Als China nach seiner Niederlage im Ersten Japanisch-Chinesischen Kriegs Taiwan zusammen mit den Penghu-Inseln 1895 an Japan abtreten musste, war ein wichtiges Ziel der neuen Kolonialherren eine wirksame Kontrolle der indigenen Völker Taiwans. Dazu wurde eine große Anzahl von Polizeiwachen in den Berggebieten gebaut und gleichzeitig zahlreiche Wege dazwischen errichtet, welche die Kommunikation untereinander erleichtern sollten. Dabei wurden die alten Wanderwege der indigenen Völker sowie die von den Han-Chines*innen erschlossenen Straßen erneuert bzw. ausgedehnt. Viele dieser alten Pfade sind bis heute größtenteils noch intakt und können heutzutage als Wanderwege genutzt werden.

Auf Taiwans historischen Wanderwegen kann man zugleich Geschichte und Natur erleben.

Einer dieser Wanderwege ist der „Danlan Old Trail" (淡蘭古道), der zu Ende der Qing-Dynastie bis zum Beginn der japanischen Herrschaft als die Hauptverbindung durch die Berge von Tamsui ganz im Norden bis nach

Kavalan (蘭 陽 平 原 ; heutiges Yilan) an der Ostküste diente. Zu Ende der Qing-Dynastie begannen die Han-Chines*innen in Nordtaiwan, auch den Osten der Insel zu erschließen und derartige Wege waren eine wichtige, oft die einzige Verbindung zwischen den Orten. Allerdings verlor der „Danlan Old Trail" während der japanischen Herrschaft aufgrund der Eisenbahnen und festen Straßen allmählich seinen Nutzen, geriet lange Zeit in Vergessenheit und verödete deshalb zum größten Teil. Heutzutage sind nur drei Abschnitte geblieben, die sich aber zu beliebten Wanderwegen entwickelt haben. Diese sind der „Caoling Historic Trail" (草嶺古道), der „Sandiaoling Waterfall Trail" (三貂嶺瀑布步道) und der „Longling Trail" (隆嶺古道).

Ein anderes Beispiel ist der „Batongguan Historic Trail" (八通關古道), dessen Vorläufer im Jahre 1875 erbaut wurde, u. a. als Reaktion auf den zuvor schon erwähnten "Mudan Vorfall" (牡丹社事件). Damals erkannte die Qing-Regierung, wie wenig Kontrolle sie über die abgelegenen Regionen der Insel hatte, und vielleicht begann sie auch mehr Interesse an der Insel zu entwickeln. Außerdem waren inzwischen immer mehr Menschen insbesondere aus der südchinesischen Provinz Fujian nach Taiwan ausgewandert, so dass zu Ende der Qing-Dynastie der Westen der Insel für viele nicht mehr als ausreichend für die wachsende Bevölkerung schien. Um also einerseits die Ostküste zu erschließen und andererseits ihre Kontrolle über die Insel bzw. die indigenen Völker zu verstärken, begann die damalige Regierung drei Verbindungen mit der Ostküste herzustellen - eine im Norden, eine in der Mitte und eine im Süden. Die Verbindung in Zentraltaiwan ist die Grundlage des heutigen „Batongguan Historic Trail". Diese geriet jedoch zu Beginn der japanischen Kolonialzeit zunächst in Vergessenheit, ehe die japanische Kolonialregierung entschied, die Verbindung wieder herzustellen. Diese neue Verbindung, die sich nur teilweise mit der ursprünglichen Verbindung überlappte, ist im Prinzip der heutige „Batongguan Historic Trail". Der Trail wurde von der KMT-Regierung, als sie 1985 den Yushan-Nationalpark gründete, wieder instandgesetzt, und heute ist er ein beliebter Wanderweg. Gerade der westliche Teil wird von Bergwanderern benutzt, um die sogenannten "100 Peaks of Taiwan" zu besteigen. Das ist eine Liste der "Top 100 Berggipfel" Taiwans, die von renommierten Bergwanderern Taiwans zusammengestellt wurde, wozu natürlich auch der Jadeberg gehört. Man kann sich also vorstellen, durch welche spektakuläre Natur der „Batongguan Historic Trail" führt.

Dies sind nur zwei Beispiele von den zahlreichen Wanderwegen Taiwans, die durch eine oft atemberaubende Natur führen, und unter denen Spaziergänger und Wanderer auf jeden Fall etwas Passendes für sich finden. Jedoch sollte man vor dem Aufbruch auf den Wetterbericht achten, denn es kommt nicht selten vor, dass plötzliche Wetterumschwünge zu gefährlichen Situationen führen können. Außerdem sollte man sich eine sichere Route aussuchen, genauso wie passende Kleidung und Schuhe sowie ausreichende Nahrungsmittel und Trinkwasser. Außerdem sollte man für gewisse Routen überlegen, ob man einen erfahrenen einheimischen Reiseführer anheuert.

5.4 火山觀景

In ganz Taiwan finden sich Spuren von Vulkanen.

　　臺灣位在環太平洋地震帶上，因此多火山地形以及地震，而臺灣火山地形其他的生成原因還有板塊運動以及地質結構的變化。最著名的一處火山是位在臺灣北部的大屯火山群。大屯火山群由多個活火山組成，地質構造大多為安山岩。清朝郁永河的《裨海紀遊》便詳細記載了大屯火山地形以及當時硫磺礦開採的情況。若是對火山地形有興趣，不妨到陽明山走走，陽明山以其溫暖的氣候和火山聞名，在大屯遊憩區和小油坑皆能見到不同樣貌的火山地形。另外，在臺灣南部也有著名的火山地形，例如高雄燕巢的「烏山頂泥活山」，以及屏東的「萬丹泥火山」。

5.4 Vulkanische Landschaften

• •

Taiwan befindet sich auf dem sogenannten "Pazifischen Feuerring". Daher kommt es nicht nur zu vielen Erdbeben, sondern es gibt auch eine Vielzahl von Vulkanen. Drei große Vulkangebiete gibt es im Norden, Osten und Westen der Insel. Besonders bekannt sind die Vulkan- und Lavalandschaften im Norden.

Die Datun-Vulkangruppe befindet sich im Yangmingshan-Nationalpark und liegt im Gebiet der Stadt Taipeh, wobei sie nur etwa 15 Kilometer vom Zentrum der Hauptstadt entfernt ist. Die drei bekanntesten Vulkane dieser Gruppe sind neben dem Datun Shan (大屯山), der namensgebende Berg der Gruppe, der Qixing Shan (七星山), mit 1,120 m der höchste Berg in Taipeh Stadt, und der Shamao Shan (紗帽山). Die geologischen Strukturen dieser Gruppe bestehen größtenteils aus Andesit und man findet hier zahlreiche Fumarolen und heiße Quellen. Galten diese Vulkane lange Zeit als inaktiv, haben Wissenschaftler der Academia Sinica in den letzten Jahren Magmakammern entdeckt, teilweise in nur 8 Kilometern Tiefe, was auf Aktivität zu schließen lässt.

Wissenschaftler der Academia Sinica haben in den letzten Jahren Magmakammern entdeckt, die auf vulkanische Aktivitäten schließen lassen.

Außerdem bilden sich rund um die Solfataren aufgrund der großen Menge an Schwefel im Magma Schwefelminen heraus. Über die Datun-Vulkangruppe und die dortige Bergbauindustrie gibt es bereits Ende des 17. Jahrhunderts historische Beschreibungen. In dem Reisejournal Small Sea Travel Diaries (裨海紀遊) von Yu Yonghe (郁永河), ein Beamter der Qing-Dynastie, ist der damalige Bergbau von Schwefelminen ausführlich beschrieben.

Die vulkanischen Aktivitäten sind auch der Grund für die Entstehung der heißen Quellen in Taiwan. So verfügen auch die Datun-Vulkangruppe und der Yangmingshan-Nationalpark über eine Vielzahl von heißen Quellen, nur einer der Gründe, dieses Gebiet zu besuchen.

Wenn man sich für vulkanische Landschaften Taiwans interessiert, ist der Yangmingshan-Nationalpark ein interessantes Reiseziel. Besonders empfehlenswert sind dort der Datun Naturpark und „Xiaoyoukeng" (小油坑). Der Naturpark Datun ist berühmt für das warme Klima und seinen Vulkankegel. Xiaoyoukeng ist ein postvulkanisches Gebiet, das für seine Fumarolen, heißen Quellen und Schwefelkristalle bekannt ist. Darüber hinaus bietet die Aussichtsplattform dort einen schönen Blick auf die Vulkankegel des Berges.

Auch in Südtaiwan gibt es vulkanische Landschaften. Weitgehend bekannt sind die Schlammvulkane von Wushanding (烏山頂) in Kaohsiung und Wandan (萬丹) in Pingdong. Schon in den Chroniken der Kaiser Yongzheng und Qianlong der Qing-Dynastie finden sich Aufzeichnungen über die Schlammvulkane. Auch während der japanischen Kolonialzeit gab es Berichte über ihre umfangreichen Eruptionen. Diese Schlammvulkane sind als Naturdenkmal ausgewiesen und werden von Experten und Wissenschaftlern weiter beobachtet und erforscht.

Wushanding liegt im Bezirk Yanchao von Kaohsiung, wo die Schlamm-schlitze unter allen Schlammgebieten in Taiwan am dichtesten verteilt sind. Die Entstehung dieser vulkanischen Landschaft hängt mit der Qishan-Ver-werfung und der dortigen Schlammsteingeologie zusammen. Diese Ver-schiebung führt zum Bruch der Gesteinsschicht, was dem Eindringen von Wasser in den Boden förderlich ist. Dadurch formt sich Schlamm aus Wasser und Schlammstein. Mit dem Hochdruckgas sprüht der Schlamm den Rissen entlang aus dem Boden und stapelt sich zu Schlammvulkanen auf. Wushand-ing hat sich inzwischen zu einer neuen Touristenattraktion entwickelt. Um diese besondere Landschaft gegen Zerstörung zu schützen, wurde das Gebiet im März 1992 gemäß dem Gesetz zur Erhaltung des kulturellen Erbes zum "Naturschutzgebiet Wushanding – Schlammvulkanlandschaft" erklärt.

Der Schlammvulkan von Wandan befindet sich in Pingtung und liegt ebenfalls direkt über einer Verschiebung des vulkanischen Gesteins. Er ist ein Schlammvulkan, bei dem sowohl Schlamm austritt als auch Methan, das mit großer Flamme abbrennt. Die älteste schriftliche Dokumentation eines Ausbruchs dieses Schlammvulkans stammt aus dem letzten Regierungsjahr des Kaisers Kangxi der Qing-Dynastie, also 1722. Seit 1988 gibt es fast je-des Jahr mindestens eine Eruption.

Um diesen Vulkan, der am Karpfen- Liyu-Berg (鯉魚山) liegt, rankt sich ein Sage von zwei Karpfengeistern. Als der Ausbruch des Schlammvulkans das erste Mal beobachtet wurde, wurde das mit dem Erscheinen zweier Karpfengeister erklärt. Diese sollten ankündigen, dass Wandan eines Tages den "rechtmäßigen Kaiser" gebären und dass der Liyu-Berg der Palast des rechtmäßigen Kaisers sein werde. Laut der Sage lassen die Karpfengeister Schlamm aus dem Boden spritzen, um den Liyu-Berg so hoch wie den Dawu-Berg zu machen. Auf diese Weise werde der Palast des rechtmäßigen Kaisers so sicher sein, als befände er sich auf dem Berg Tai.

Da Schlammvulkane beim Ausbruch normalerweise auch Erdgas ausstoßen, besteht dort aus Sicherheitsgründen Rauchverbot.

5.5 澎湖群島

Die doppelherzförmigen Steinwehre sind Touristenattraktion und Kulturerbe des Landeskreises Penghu.

　　澎湖群島位在臺灣海峽上，距離臺灣本島約五十公里，由 97 個島嶼組成，全境隸屬於澎湖縣管轄。澎湖附近海域因漁業資源豐富，在西方歷史文獻及海圖中被稱為「漁翁島」（Pescadores）。澎湖是臺灣歷史上關鍵的島嶼，元朝在此地設立巡檢司，而中法戰爭時曾被孤拔（Amédée Courbet）領導的法軍短暫占領。澎湖是座火山島，島上生成許多玄武岩石柱，因著發達的漁業而發展出的石滬群、雙心石滬也別具特色，其多樣的地形景觀每年皆吸引許多遊客前往。另外，值得注意的是，澎湖也以燈塔聞名，澎湖群島上總共有六座燈塔，是全臺灣燈塔最多的縣市。

5.5 Die Inselgruppe Penghu

Die Inselgruppe Penghu liegt in der Taiwanstraße und ist etwa 50 Kilometer von der Hauptinsel Taiwan entfernt. Sie besteht aus 97 großen und kleinen Inseln, deren Gesamtfläche ca. 128 Quadratkilometer beträgt. Weil die Gewässer rund um Penghu sehr reich an Fischen und Meeresfrüchten sind, von denen die meisten Bewohner*innen der Inseln leben, ist der Archipel in den historischen Dokumenten bzw. Seekarten der Westler oft auch als Pescadores bekannt. Diese Bezeichnung stammt vom portugiesischen Wort für „Fischer" (pescador).

Wie auch in Nordtaiwan wurden auf den Penghu-Inseln Artefakte der Dapenkeng-Kultur, eine neolithische Kultur, gefunden, d.h. dass schon vor mindestens fünftausend Jahren Menschen nach Penghu kamen. Penghu wurde zuerst im 12. Jahrhundert in inoffiziellen Geschichtswerken und Regionalberichten der Südlichen Song-Dynastie erwähnt. Demnach gab es dort bereits zu dieser Zeit eine militärische Station der chinesischen Regierung. 1281 (Yuan-Dynastie) wurde die erste Verwaltungsbehörde in Penghu eingerichtet. Während der Ming-Dynastie wurden die Inseln 1622 von den Niederländern besetzt, die allerdings zwei Jahre später schon wieder von dort vertrieben wurden, worauf sie sich nach Taiwan wandten. Als der Ming-Loyalist Zheng Chenggong (鄭成功), alias Koxinga, gegen die Mandschu Widerstand leistete, etablierte er zunächst auf Penghu eine Basis, um von dort aus die Niederländer aus Südtaiwan zu vertreiben. 1662 gelang es Koxinga, die Niederländer, die sich seit etwa 38 Jahren in Taiwan befanden, zu vertreiben. Er gründete in Taiwan das Königreich Dongning (東寧王國).

Doch schon 1683 besiegten die Qing-Truppen in der Schlacht von Penghu die Truppen von Koxingas Sohn, worauf Taiwan mitsamt der Inselgruppe Penghu Teil des Qing-Reiches wurde.

Während der Qing-Dynastie gehörte Penghu zur Provinz Fujian und wurde 1884-1885 in dem Krieg gegen Frankreich von der französischen Marine erobert. Nach Chinas Niederlage im Ersten Japanisch-Chinesischen Kriegs wurden die Peng-

Auf ganz Penghu finden sich Spuren der Vergangenheit. (Bild: Ilon Huang)

hu-Inseln zusammen mit Taiwan 1895 an Japan abgetreten. Nachdem Japan 1945 im Zweiten Weltkrieg besiegt worden war, übernahm die Republik China gemäß der Kairoer Erklärung die Kontrolle über Taiwan und Penghu und 1946 wurde der Landkreis Penghu gegründet.

Auf der Penghu-Inselgruppe hat sich aufgrund der spezifischen klimatischen und naturgeografischen Bedingungen kombiniert mit den Spuren der Geschichte eine einzigartige Landschaft entwickelt. Ein besonderer Anblick sind die Wehre aus Stein. Tatsächlich handelt es sich dabei um eine traditionelle Art von Fischreusen in Penghu, die die Gezeiten nutzen. Bei Flut schwimmen Fische in die Wehre. Wenn der Wasserspiegel bei Ebbe wieder sinkt, bleiben die Fische zurück, weil die Steinwehre höher als der Meeresspiegel sind. Doppelherzförmige Steinwehre in der Gemeinde Cimei (七美) stellen eine berühmte Touristenattraktion dar und sind inzwischen als Kulturerbe des Landeskreises Penghu registriert. Eine weitere bekannte Steinwehrgruppe befindet sich in Jibei (吉貝) der Gemeinde Baisha (白沙), mit einer hohen Dichte an Steinwehren.

Penghu besteht aus Vulkaninseln mit vielfältigen geologischen Landschaften. Die meisten Felsen der Inseln sind aus Basalt. Dafür wurde 1981 ein Naturschutzgebiet gegründet, um den örtlichen säulenförmigen Basalt zu schützen.

Auch nennenswert ist der Süd-Penghu Marine Nationalpark, der im Jahr 2014 gegründet wurde. In den Gewässern leben 254 Fischarten, darunter 28 neu entdeckte Arten. Dazu gibt es 154 Korallenarten und eine Vielzahl von Wasserpflanzen, was den Nationalpark zu einem Paradies für Schnorchler macht.

Neben den Naturlandschaften ist Penghu auch für seine Leuchttürme berühmt. Die Bewohner*innen in Penghu lebten vom Fischfang und der Seefahrt, weshalb Leuchttürme sehr wichtig waren. Es gibt heute noch insgesamt sechs Leuchttürme in Penghu, damit ist es der Landkreis mit den meisten Leuchttürmen Taiwans. Ein berühmtes Beispiel ist der Yuwengdao Leuchtturm, auch als „Fisher Island" Leuchtturm bekannt. Dieser wurde in der Qing-Dynastie gebaut und ist einer der ältesten Leuchttürme Taiwans. Seine heutige weiße, zylindrische Form hat er nach mehrmaligen Renovierungsarbeiten erhalten. Der Leuchtturm bietet eine großartige Aussicht, weshalb viele Leute nicht nur den Leuchtturm besichtigen, sondern sich dort auch gern den Sonnenuntergang anschauen.

Heutzutage ist der Tourismus eine der wichtigsten Branchen der Inselgruppe Penghu. Neben den oben erwähnten landschaftlichen und kulturelle Attraktionen ist die „Penghu Great Bridge" eine bekannte Sehenswürdigkeit.

Die Brücke verbindet die Insel Baisha mit der die Insel Siyu (西嶼). Sie ist eine der Haupttransportrouten in Penghu und die längste Brücke Taiwans. Viele Touristen besuchen auch Penghus Tianhou-Tempel (天后宮), in dem die Göttin Mazu verehrt wird. Er wurde 1604 erbaut und gilt als der älteste Mazu-Tempel Taiwans.

Berühmt sind auch Speisen wie zum Beispiel Kakteeneis oder Kuchen mit braunem Zucker. Der Kaktus wurde angeblich von den Niederländern im 17. Jahrhundert in Penghu eingeführt und heute verwendet man den roten Fruchtsaft des Kaktus als Zutat für Eis. Kuchen mit braunem Zucker in Penghu haben ihren Ursprung in der Zeit der japanischen Kolonialzeit. Damals zogen viele Leute aus Okinawa nach Penghu, um Geschäfte zu machen. Unter anderem waren auch Bäcker dabei, die ihre Backkunst an ihre Lehrlinge aus Penghu weitergaben. Als diese später selbstständig wurden, verwendeten auch sie braunen Zucker für ihre Gebäcke, auch nach der japanischen Kolonialzeit. So entwickelte sich der Kuchen mit braunem Zucker.

Die Inselgruppe Penghu ist von Taiwan aus leicht mit dem Flugzeug oder auch mit dem Boot zu erreichen. Dabei dauert der Flug weniger als eine Stunde.

5.6 日月潭

Der malerische Sonne-Mond-See ist Heimat des indigenen Volkes der Thao (邵族).

　　臺灣的水庫湖泊型風景區中，應屬南投縣魚池鄉的日月潭最受矚目。日月潭水源來自濁水溪上游，其潭型北半部形如日輪，南半部形如月鉤，故而得名。最早日月潭只是個小湖泊，日治時期為了發電所需，開鑿了一條引水隧道，穿過水社大山進到日月潭，而成今之泱泱湖泊。自 2000 年 1 月設立「日月潭國家風景區」後，日月潭成為臺灣最著名的觀光景點之一，其周圍的文武廟、玄奘寺、慈恩塔、九蛙疊像等皆為著名景點。此外，在每年中秋節前後，日月潭都會舉辦「萬人橫渡日月潭」的競泳活動，吸引世界各地的遊客前往。

5.6 Sonne-Mond-See

Der Sonne-Mond-See in der Landesgemeinde Yuchi in Nantou ist ein halbnatürlicher Süßwassersee. Er ist nicht nur ein beliebtes Reiseziel, sondern dient auch als Reservoir und Wasserkraftwerk. Damit ist er der größte Stausee für die Stromerzeugung und der zweitgrößte See Taiwans überhaupt hinter dem Zengwen-Stausee (曾文水庫). Seine Wasserquelle ist der Zhuoshui-Fluss (濁水溪). Auf einer Höhe von 760 Metern gelegen und umgeben von Bergen ist das Klima um den See herum das ganze Jahr über angenehm. Die Flora und Fauna in der Umgebung ist vielfältig.

Die Region um den Sonne-Mond-See ist seit über 100 Jahren die Heimat des indigenen Volkes der Thao (邵 族). Der Legende nach entdeckten die Vorfahren der Thao den Sonne-Mond-See, als sie einen weißen Hirsch verfolgten. Als sie die Schönheit dieses Gebietes bemerkten und dazu herausfanden, dass der Sonne-Mond-See voller Fische war, entschieden die Thao, sich hier niederzulassen.

Früher war der See unter den Westlern als Candidius-See bekannt, nach dem deutschen Priester Georgius Candidius, der im 17. Jahrhundert im Dienst der Niederländischen Ostindien-Kompanie in Taiwan missionierte. Der Name Sonne-Mond-See, so wie er heute heißt, ist erst in der ersten Hälfte des 19. Jahrhunderts belegt. Gefördert durch die Erschließungspolitik der Qing-Dynastie wanderte eine große Anzahl von Han-Chines*innen ins Landesinnere ein. In dem 1823 erschienenen Reisebericht des Beamten Deng Chuan'an (鄧傳安) ist der See wie folgt beschrieben: „Man weiß nicht, woher das Wasser stammt, aber es sammelt sich in einem See, der sich mehrere zehn Meilen lang hinzieht... Die Farbe des Sees ist in Rot und Blau unterteilt und wird daher Sonne-Mond-See genannt." Eine andere Begründung für den Namen Sonne-Mond-See findet man im Journal des Beamten Cao Shigui (曹 士桂 , 1800-1848), der schreibt, dass das Gewässer südlich des Berges rund sei wie die Sonne und nördlich des Berges aussehe wie ein Halbmond.

Als Taiwan und Penghu im Jahre 1895 nach dem Ersten Japanisch-Chinesischen Krieg an Japan abgetreten wurden, begannen die japanischen Kolonialherren, intensiv den Aufbau der Infrastruktur voranzutreiben, um Taiwans Ressourcen besser wirtschaftlich nutzen zu können. Das hatte auch gravierende Einflüsse auf den Sonne-Mond-See und seine Umgebung. Um die Zuckerindustrie zu fördern, wurde die traditionelle Zuckerindustrie im Shuishalian-Gebiet in die Puli Sugar Production Corporation integriert. 1916-17 wurden Gleise für eine muskelbetriebene Feldbahn (Push Car) gelegt, um eine Verbindung zur Westküste herzustellen. Außerdem war es während der japanischen Kolonialzeit, dass man begann, den Sonne-Mond-See für die Stromerzeugung zu nutzen. Das erste Wasserkraftwerk wurde 1934 fertiggestellt und galt als eines der wichtigsten Infrastrukturbauwerke der damaligen Zeit. Auch als die Republik China Taiwan übernahm, nutzte die Regierung den Sonne-Mond-See für die Stromerzeugung und ließ weitere Wasserkraftwerke bauen.

Doch schon während der japanischen Kolonialzeit war der Sonne-Mond-See auch ein beliebtes Ausflugsziel, allerdings in erster Linie für die Wohlhabenden und Einflussreichen. Und als die KMT-Regierung Taiwan übernahmen, brachte Chiang Kai-shek gerade in den ersten Jahren ausländische Diplomaten zum See. Doch im Laufe der Jahre entwickelte sich der Tourismus im ganzen Land, besonders aufgrund der rapiden Wirtschaftsentwicklung Taiwans, und immer mehr Touristen besuchten den Sonne-Mond-See. Als das Erdbeben am 21. September 1999 zu großen Schäden in der Region führte, nutzte man diese Gelegenheit, das Gebiet neu aufzubauen. Außerdem gründete das Tourismusamt dort im Jahr 2000 ein nationales Landschaftsschutzgebiet.

Der Sonne-Mond-See ist ein Ort reich an Kultur und romantischer Landschaft. Als eine der bekanntesten touristischen Attraktionen Taiwans bietet der See viel zu sehen. Am Nordufer befindet sich der 1938 fertiggestellte und 1969 renovierte Wenwu-Tempel (文 武 廟), der dem Kriegsgott Guan Gong (關公) und Konfuzius geweiht ist. Über dem Südufer des Sees thront der Xuanzang-Tempel (玄奘寺), der 1965 für die Relikte des Mönchs Xuanzang erbaut wurde. Eine weitere Sehenswürdigkeit ist die Ci-En-Pagode (慈 恩 塔), die von dem ehemaligen Präsident Chiang Kai-shek zum Gedenken an seine Mutter erbaut wurde. Die Pagode steht auf dem 954 Meter hohen Shabalan-Berg und ist 46 Meter hoch. So befindet sich die Pagodenspitze genau 1,000 Meter über dem Meeresspiegel. Besucher*in-

Die Ci-En-Pagode (慈 恩 塔) wurde vom ehemaligen Präsidenten Chiang Kai-shek zum Gedenken an seine Mutter erbaut.

nen, die sich die Mühe machen, die Pagode zu besteigen, werden mit einem herrlichen Blick auf den See und die umliegenden Berge belohnt. Besonders interessant ist eine Statue, die aus neun sich aufeinander stapelnden Fröschen aus Bronze besteht. Die sieben Meter hohe Statue steht im See, allerdings in Ufernähe. Viele Leute glauben, dass sie als Indikator für den Wasserspiegel des Sees diene und zeige, ob die Region aktuell unter Trockenheit leide. Doch dies wurde von Vertretern des Stromerzeugers Taipower widerlegt, denn die tägliche Wasserhöhe des Sees wird auch durch die Wasserkraftwerke und wie viel Wasser sie aktuell benötigen, beeinflusst.

Abgesehen von wenigen Ausnahmen ist das Baden im Sonne-Mond-See verboten, aber man kann den See auf Booten erkunden. Seit 1983 findet außerdem einmal im Jahr um das Mondfest herum ein Wettschwimmen über eine Distanz von 3 Kilometern im See statt. Dies ist kein Rennen ausschließlich für Profi-Sportler*innen, sondern für alle, die es sich zutrauen, diese Strecke zurückzulegen. In normalen Zeiten beläuft sich die Teilnehmerzahl auf mehr als 10.000.

5.7 太魯閣國家公園

Spektakuläre Mamorschluchten sind eine der Hauptattraktionen des Taroko-Nationalparks. (Bild: Ilon Huang)

　　太魯閣國家公園座落於花蓮、臺中及南投三縣市，是臺灣第四座成立的國家公園，前身為日治時期所設立的「次高太魯閣國立公園」。此國家公園的範圍廣大，以立霧溪峽谷、東西橫貫公路沿線及其外圍山區為主，包括合歡群峰、奇萊連峰、南湖中央尖山連峰、清水斷崖、立霧溪流域及三棧溪流域等，全區面積九萬二千公頃。公園境內地勢高聳，大致由中央山脈向東傾斜，其間山巒起伏，更涵蓋了劇烈造山運動隆起形成的變質岩區，峽谷深邃，奇景美不勝收，極具特色。

5.7 Taroko-Nationalpark

● ●

Der Taroko-Nationalpark erstreckt sich über die drei Landkreise Hualien, Taichung und Nantou. Dieser Nationalpark wurde ursprünglich schon 1937 als Tsugitaka-Taroko-Nationalpark gegründet. Als die Republik China nach der Niederlage des japanischen Kaiserreichs im Zweiten Weltkrieg Taiwan übernahm, löste die neue Regierung den Park jedoch zunächst auf. Erst 1986 wurde der Park wiedereröffnet.

Der Taroko-Nationalpark umfasst eine Fläche von 92.000 Hektar und beherbergt einzigartige geologische und natürliche Sehenswürdigkeiten, darunter siebenundzwanzig Gipfel mit einer Höhe von über 3.000 Metern, z. B. der Hehuan (合歡山) und der Qilai (奇萊山). Parkbesucher können die spektakuläre Marmorschlucht von Taroko, die hoch über dem Pazifik aufragende Qingshui-Klippe (清水斷崖), den friedlichen Weg entlang des Shakadang-Flusses (砂卡礑溪) und die kaskadenartigen Wasserfälle des Bai-yang-Pfades (白楊步道) genießen.

Dokumentarischen Aufzeichnungen zufolge sind die Berge und Wälder von Taroko durch ein verzweigtes Straßen- und Wegenetz aus verschiedenen Perioden verflochten. Dazu gehören Jagdpfade der indigenen Bevölkerung, die Nordstraße (北 路) aus der Qing-Dynastie, die Hehuan-Yueling-Straße (合歡越嶺古道) aus der japanischen Besatzungszeit, die Linhai-Straße (臨海 道路) und die Suhua-Straße (蘇花公路) aus der Nachkriegszeit, die Taipo-wer Construction Road (台電施工道) sowie Wanderwege im Nationalpark usw. Einige davon sind bereits verfallen und daher auf der heutigen Land-karte nicht sichtbar. Die älteste offizielle Straße im Taroko-Nationalpark ist die sog. Nordstraße. 1874 begann die Qing-Regierung mit dem Bau der Nord-, Mittel- und Südstraße. Die Nordstraße entspricht der heutigen Suhua Ancient Road (蘇花古道), die im Norden in Suao (蘇澳) beginnt und im Süden in Zhixue (志學) bei der Stadt Hualien endet. Mit der Eröffnung der Nordstraße zog eine große Anzahl von Han-Chines*innen in den Osten nach Hualien. Während der japanischen Besatzung wurde eine Küstenstraße entlang der Qingshui-Klippe zwischen Suao und Hualien gebaut. Nach dem Zweiten Weltkrieg wurde die ursprüngliche Küstenstraße renoviert und in „Suhua Highway" umbenannt.

Die Zhongheng-Straße (中橫公路) bedeutet wörtlich die Querstraße durch die Mitte Taiwans. Diese vorwiegend manuell erbaute Straße führt durch den Taroko-Nationalpark und ist der erste Highway durch das Zentralgebirge Taiwans, der den Westen mit dem Osten verbindet. Der Bau wurde offiziell am 7. Juli im Jahr 1956 begonnen. Täglich wurden 5.000 bis 6.000 Bauarbeiter mobilisiert, die gleichzeitig in verschiedenen Abschnitten arbeiteten. Unglücklicherweise wurde Taiwan während der Bauarbeit häufig von Taifunen, Erdbeben und starken Regenfällen heimgesucht, was nicht nur zu Verzögerungen und höheren Kosten führte, sondern auch zu mehreren schweren Unfällen. Am 9. Mai 1960 wurde die Straße schließlich für den Verkehr freigegeben. Heutzutage ist die Zhongheng-Straße nicht

Dank der Mühen und Opfer der Bauarbeiter, die die Zhongheng-Straße in den 1950er Jahren erbauten, kann man den Taroko-Nationalpark heutzutage durchqueren.

nur eine Verbindung zwischen der Ost- und der Westküste, sondern auch die Hauptstraße im Taroko-Nationalpark. So erlaubt diese mit Mühen und Gefahren erbaute Straße der Welt einen Einblick in die majestätische und spirituelle Schönheit von Taroko.

Das Wahrzeichen des Parks ist die Taroko-Schlucht, die vom Liwu Fluss gegraben wurde. Ihre Formation stammt aus der Zeit vor 250 Millionen Jahren. Sowohl die geologische Hebung Taiwans als auch die Erosion durch den Liwu-Fluss haben hunderte von Metern hohe Wände geformt, ein Phänomen, das nur selten in der Welt zu finden ist. Als sich der Liwu-Fluss neu bildete, war er nicht annähernd so dramatisch wie heute, aber als sich die Insel Taiwan im Laufe der Zeit weiter anhob, setzte der Liwu-Fluss seine Erosion fort, was zu der spektakulären Mamorschlucht führte, wie man sie heute kennt.

Doch Besucher*innen erwartet nicht nur der spektakuläre Anblick der Mamorberge und -schluchten. Gleichzeitig können sie eine fast einzigartige Flora und Fauna erleben. So umfassen die Grenzen des Taroko-Nationalparks die Mündung des Liwu-Flusses auf Höhe des Meeresspiegels und den 3,742 Meter hohen Berg Nanhu. Diese enormen Höhenunterschiede innerhalb des Parks führen dazu, dass man während einer einzigen Fahrt durch den Park alle Vegetationszonen von subtropisch bis hochalpin beobachten kann. Diese vielfältige Vegetation macht den Taroko-Nationalpark, wie Taiwan insgesamt, zu einem geeigneten Lebensraum für verschiedenste Tierformen. Etwa ein Drittel der Gefäßpflanzen, die in Taiwan vorkommen, sind im Taroko-Nationalpark zu finden, genauso wie etwa die Hälfte der Arten der Landsäugetiere und 90% der in Taiwan ansässigen Vogelarten. Dazu kommen noch mehr als die Hälfte der Schmetterlingsarten, die in Taiwan, dem

Königreich der Schmetterlinge, heimisch sind. Daher ist der Taroko-Nationalpark ein perfekter Ort, um einen Einblick in Taiwans vielfältige Flora und Fauna zu erhalten.

5.8 玉山

Der Yushan (Jadeberg) ist der höchste Berg Taiwans und eines der drei Ziele, die alle Taiwaner*innen einmal erreichen sollten.

　　玉山，海拔 3,952 公尺，為臺灣最高峰，位於高雄市、嘉義縣，和南投縣的交界處，是臺灣原住民族中布農族和鄒族的聖山。玉山有許多別稱，分布於玉山上的各個原住民族對其有不同稱呼，在西方歷史文獻中上則是以「摩里遜山」（Mt. Morrison）聞名，此一名稱的由來有幾種說法，可能性最高的是為了紀念第一位來華傳教的牧師摩里遜（Robert Morrison）。日治時期，臺灣被納入日本國土，玉山的高度因超越日本本土的富士山，而成為日本第一高山，因此被日本人稱為「新高山」。玉山景緻四季分明，隨著海拔高度變化，呈現不同的氣候型態，衍生出多樣化的動植物。1985 年玉山群峰被規劃為「玉山國家公園」，是臺灣第二座國家公園，也是陸域面積最大者，全區蘊含著豐富且珍貴的生態資源和人文史蹟。

5.8 Yushan

Der Sonnenaufgang ist einer der Höhepunkte, wenn man den Gipfel des Yushan auf 3.952 Meter Höhe erreicht. (Bild: Ilon Huang)

Der Yushan, auf Deutsch "Jadeberg", ist mit einer Höhe von 3.952 Meter der höchste Berg Taiwans. Gemeinsam mit den umliegenden Bergen gehört der Yushan zum Yushan-Nationalpark, der wiederum in Zentraltaiwan am Schnittpunkt der Landkreise Nantou und Chiayi liegt und sogar bis zum Gebiet der südtaiwanischen Stadt Kaohsiung reicht. Etwa 10 Kilometer südlich des Yushans verläuft der nördliche Wendekreis.

Yushan ist die chinesische Bezeichnung des Berges, eine Bezeichnung, die bereits im 17. Jahrhundert schriftlich belegt wurde. Sowohl im Reisebericht „Small Sea Travel Diaries" (裨海紀遊) des Beamten der Qing-Dynastie Yu Yonghe (郁永河) als auch in einem staatlichen Bericht über die Region Taiwan (台灣府志) aus der Regierungszeit des Qing-Kaisers Kangxi wird der schneebedeckte Gipfel beschrieben. Der Schnee lasse den Gipfel erscheinen wie glänzende Jade, daher der Name Jadeberg - Yushan (玉山). Ein anderer chinesischer Name in der Zeit war Mugangshan ("bewaldeter Berg") aufgrund der umliegenden Wälder.

Doch bevor Han-Chinesen in die Region des Yushan kamen, lebten dort schon indigene Völker, wie die Bunun und Tsou, für die der Yushan ein heiliger Berg ist, und die Paiwan. Diese indigenen Völker hatten ihre eigenen Namen für den Yushan. So nannten die Paiwan ihn zum Beispiel „Kanasian", während er von den Bunun „Saviah" genannt wurde.

Im Westen war der Yushan unter dem Namen „Mt. Morrison" bekannt. Dabei ist die Herkunft dieser Bezeichnung umstritten. Während ihn einige auf den Sinologen und protestantischen Prediger aus Schottland, Robert Morrison, der 1807 als Missionar nach China kam, zurückführen, glauben andere, dass der Kapitän des Frachters USS Alexander, W. Morrison, den Berg 1857 erstmals sichtete und schriftlich erwähnte, weshalb man den Berg Mt. Morrison nannte. Dies wird jedoch von einigen Experten bezweifelt, weil der Name „Mt. Morrison" bereits im Jahre 1845 auf einer Schifffahrtskarte, die von der englischen Admiralität herausgegeben wurde, aufgetaucht sein soll.

Als Taiwan und Penghu 1895 an Japan abgetreten wurden, begannen die Kolonialherren im Juli 1895 mit einer Landvermessung und stellten dabei fest, dass der Yushan höher als der Fujiyama ist, der höchste Berg Japans. Daraufhin ließ der japanische Kaiser Meiji Tenno den Berg im Jahr 1897 „Niitakayama" (新高山) nennen, was soviel wie "neuer hoher Berg" bedeutet.

Als die Regierung der Republik China 1945 Taiwan übernahm, legte sie am 1. Dezember 1947 Yushan als den offiziellen Namen des Berges fest.

Die erste schriftlich belegte Besteigung des Yushans erfolgte am 26. Dezember 1898 durch Karl Theodor Stöpel, ein deutscher Nationalökonom und Forschungsreisender. Dieses Erlebnis ist ausführlich in seinem Reisebericht

„Eine Reise in das Innere der Insel Formosa und die erste Besteigung des Niitakayama", erschienen 1905, dokumentiert. Für deutschsprachige Natur- bzw. Geschichtsfreunde ist dieses Werk sehr empfehlenswert.

Im Yushan Nationalpark findet man unterschiedliche Klimazonen, was zu einer vielfältigen Fauna und Flora führt. Darüber hinaus haben schon japanische Wissenschaftler auf dem Yushan Überreste von durch Gletscher überformten Terrains festgestellt, wie zum Beispiel Trogtäler, Kars und Moränen. Die Landschaften dort sind in den vier Jahreszeiten höchst unterschiedlich und haben alle ihren eigenen Reiz. Im Winter kann es auf den Gipfeln zu Schnee kommen.

Gegründet wurde der Yushan-Nationalpark im April 1985. Mit 103.121 Hektar ist es der flächenmäßig größte Nationalpark Taiwans. Er ist etwas abgelegen und der Zugang wird kontrolliert, deshalb gehört der Yushan-Nationalpark nicht zu den meistbesuchten Nationalparks in Taiwan. Dennoch zieht der Park mehr als eine Millionen Besucher*innen im Jahr an. Außerdem ist die Besteigung des Yushans eine der drei Aufgaben, die ein Taiwaner oder eine Taiwanerin einmal im Leben durchführen sollte. Die anderen beiden sind eine Radtour um Taiwan herum und eine Teilnahme an der jährlichen Schwimmveranstaltung im Sonne-Mond-See.

國家圖書館出版品預行編目資料

Formosa auf Deutsch: mehr als ein Reiseführer
用德語說臺灣文化：福爾摩沙印象 /
姚紹基（Shao-Ji Yao）、黃逸龍（Ilon Huang）編著
-- 初版 -- 臺北市：瑞蘭國際, 2022.08
184面；17×23公分 --（繽紛外語系列；110）
ISBN：978-986-5560-79-9（平裝）
1. CST：德語 2. CST：讀本 3. CST：臺灣文化
805.28　　　　　　　　　　　　　　　111011590

繽紛外語系列 110

Formosa auf Deutsch: mehr als ein Reiseführer
用德語說臺灣文化：福爾摩沙印象

編著者｜姚紹基（Shao-Ji Yao）、黃逸龍（Ilon Huang）
審訂｜徐安妮（An-Nie Hsu）、蔡莫妮（Monika Leipelt-Tsai）
責任編輯｜潘治婷、王愿琦
校對｜姚紹基、黃逸龍、潘治婷、王愿琦

封面設計｜劉麗雪、陳如琪
版型設計｜劉麗雪
內文排版｜邱亭瑜

瑞蘭國際出版
董事長｜張暖彗 · 社長兼總編輯｜王愿琦
編輯部
副總編輯｜葉仲芸 · 主編｜潘治婷
設計部主任｜陳如琪
業務部
經理｜楊米琪 · 主任｜林湲淘 · 組長｜張毓庭

出版社｜瑞蘭國際有限公司 · 地址｜台北市大安區安和路一段 104 號 7 樓之一
電話｜（02)2700-4625 · 傳真｜（02)2700-4622 · 訂購專線｜（02)2700-4625
劃撥帳號｜ 19914152 瑞蘭國際有限公司
瑞蘭國際網路書城｜ www.genki-japan.com.tw

法律顧問｜海灣國際法律事務所　呂錦峯律師

總經銷｜聯合發行股份有限公司 · 電話｜（02)2917-8022、2917-8042
傳真｜（02)2915-6275、2915-7212 · 印刷｜科億印刷股份有限公司
出版日期｜ 2022 年 08 月初版 1 刷 · 定價｜ 480 元 · ISBN｜ 978-986-5560-79-9